S0-BUD-510

EL TESORO DE LOS
CLÁSICOS · INFANTILES

 PUBLICATIONS INTERNATIONAL, LTD.

Copyright © 2001 Publications International, Ltd.

Todos los derechos reservados. Esta publicación no puede ser reproducida en su totalidad o en parte,
por ningún medio, sin la autorización por escrito de:

Louis Weber, C.E.O.
Publications International, Ltd.
7373 North Cicero Avenue
Lincolnwood, Illinois 60712

www.pubint.com

Nunca se otorga autorización para propósitos comerciales.

Versión en español
Claudia González Flores
Arlette de Alba

Impreso en China

8 7 6 5 4 3 2 1

ISBN 0-7853-5443-3

 ÍNDICE

Robin Hood

Basado en la historia original de
LOUIS RHEAD

Adaptado por Eric Fein
Ilustrado por Marty Noble y Muriel Wood

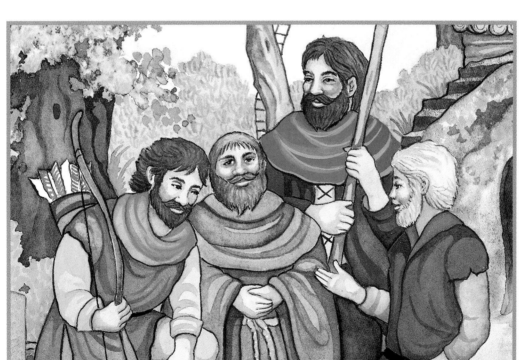

Hace mucho tiempo, en Inglaterra, vivía un niño que creció hasta convertirse en el mejor arquero de todos los tiempos. También se convertiría en uno de los forajidos más conocidos; era buscado por la ley, pero muy querido por el pueblo.

El nombre que sus padres le pusieron al nacer fue Robert Fitzooth, aunque tal vez tú lo conozcas por el nombre que utilizó más tarde: Robin Hood.

El padre de Robin era un noble y valiente caballero que peleó en todo el mundo defendiendo las causas justas. Nada lo hacía más feliz que el tiempo que pasaba con su hijo. Le enseñó a Robin todas las cosas importantes de la vida: cómo ser valiente y honorable, cómo defenderse en combate, cómo cazar para comer y, sobre todo, cómo tratar a las demás personas con respeto, ya fueran ricas o pobres.

Robin aprendió muy bien estas lecciones, pero lo que más le importaba era que su padre se sintiera orgulloso de él. Una manera de lograrlo fue practicando el tiro con arco. El niño tenía un don natural. En muchas ocasiones lo hacía mejor que su padre, quien se sentía tan encantado como Marian, una hermosa niña que vivía en la propiedad contigua a la de la familia de Robin. Marian venía a menudo a jugar con Robin.

"¡Bravo!", gritaba Marian con emoción cada vez que Robin daba en el blanco.

Cuando Robin cumplió doce años, se enteró de que su padre había muerto en una batalla. Su muerte entristeció mucho a su familia, pero Robin era el más triste.

En su testamento, el padre de Robin encomendaba su familia a su hermano, y el muchacho se fue a vivir con él. Pero su tío estaba mucho más interesado en el dinero de la familia que en Robin, y no tardó mucho tiempo en malgastar hasta el último centavo.

Robin decidió que lo mejor era irse a vivir solo y buscó un nuevo lugar para hacerlo. Siempre le habían gustado el aire libre y los árboles, así que decidió irse a vivir al corazón del Bosque de Sherwood.

Encontró un claro en el bosque y construyó una pequeña cabaña de madera y lodo para vivir en ella. Cuando tenía hambre salía de cacería o iba a Nottingham, donde se hizo amigo de los aldeanos.

Los aldeanos eran pobres, pero siempre compartían su comida con Robin. En agradecimiento, Robin les ayudaba con cualquier trabajo que necesitaran, como arreglar la carreta descompuesta de un anciano. Ayudar a la gente le hacía sentir bien.

Muy pronto, todos en el pueblo lo conocían y lo apreciaban.

Nadie vivía con Robin, pero nunca se sintió solo porque tenía muchos amigos.

Robin vivió feliz los siguientes años en el Bosque de Sherwood, donde practicaba tiro con arco mañana, tarde y noche.

Cuando Robin cumplió los quince años de edad, pensó que era el momento de ponerse a trabajar y de unirse a los guardabosques del rey. Ellos patrullaban el reino para asegurarse de que nadie dañara o robara las propiedades del rey.

Un día apareció uno de los grupos de guardabosques del rey bajo el mando del alguacil de Nottingham. Robin se emocionó, porque pensaba que lo dejarían unirse a ellos en ese momento; sin embargo, lo trataron muy mal, especialmente el alguacil, que al instante le tuvo aversión a Robin.

"No eres lo suficientemente duro como para ser guardabosques", dijo el alguacil.

Robin retó al alguacil de Nottingham a una competencia de tiro con arco. El alguacil accedió y le dijo a Robin que matara uno de los venados del rey. Robin se rehusó diciendo que eso iba contra la ley, pero el alguacil le prometió que no le pasaría nada.

Robin aceptó el reto y mató a un venado. En cuanto esto sucedió, el alguacil ordenó a sus hombres que lo arrestaran, pero de repente, los amigos de Robin aparecieron y los detuvieron. Ellos sabían que el alguacil era injusto y que había engañado a Robin para que quebrantara la ley.

"Jamás volveré a dejar que el alguacil de Nottingham se aproveche de mí", se prometió Robin Hood a sí mismo, mientras escapaba con sus amigos hacia el Bosque de Sherwood.

El alguacil no pudo soportar que Robin arruinara sus planes, así que declaró que Robin Hood era un forajido y ofreció una recompensa por su captura.

Al paso de los siguientes cinco años, Robin se convirtió en un joven atlético y nunca olvidó lo que su padre le había enseñado. Durante este tiempo tuvo muchas aventuras y se hizo amigo de gente rara y diferente. Él llamaba a sus amigos sus Alegres Compañeros. Entre ellos estaban el Pequeño Juan, un amable gigante, Will Scarlet, un joven aventurero que también era el sobrino de Robin hace tiempo perdido y el Fraile Tuck, el consejero espiritual de Robin y sus hombres.

En el corazón del Bosque de Sherwood establecieron un campamento muy completo. Construyeron una serie de tres casas conectadas con puentes de madera y cuerdas. Ahuecaron el tronco de un enorme árbol para hacer una bodega para sus espadas, escudos, arcos y flechas, y donde también almacenaban comida y telas para hacer sus ropas.

Un día, los Alegres Compañeros se dieron cuenta de que necesitaban un líder y decidieron que la manera más justa de escogerlo era mediante una competencia de tiro con arco. Cuando todos vieron lo bueno que era Robin con el arco y la flecha, quedó claro que él debía ser su líder.

Ahora que Robin era el líder de los Alegres Compañeros, se dedicaba a corregir todo lo malo que sucedía a su alrededor. Comenzó con la sección más pobre de Nottingham, adonde el alguacil había enviado a dos de sus recolectores de impuestos más ruines y despreciables para cobrarles a todas las familias que encontraran.

En su camino de regreso a la casa del alguacil de Nottingham, los recolectores de impuestos se toparon con Robin Hood y sus Alegres Compañeros y les ordenaron que se apartaran de su camino. Los Alegres Compañeros solamente se rieron y los recolectores se asustaron: sabían que estaban en problemas. Antes de que pudieran tomar sus espadas, el Pequeño Juan apareció detrás de ellos y los aferró del cuello, levantándolos del piso.

"Por favor, no nos lastime", suplicó el primer recolector de impuestos.

"Sí, tenga misericordia de nosotros", dijo el segundo.

"La misericordia tiene un precio, amigos. ¿Lo pueden pagar?", dijo Robin.

Los dos recolectores de impuestos se miraron entre sí y después miraron a Robin. Ambos soltaron las bolsas del dinero que le habían quitado a los pobres.

"Ahora váyanse y prometan no volver a quitarle nada a los pobres", dijo Robin.

Le dieron su palabra y se alejaron inmediatamente de Robin Hood y sus Alegres Compañeros.

Robin y sus Alegres Compañeros regresaron todo el dinero que los recolectores le habían arrebatado a las familias pobres de Nottingham.

"¡Hurra por Robin Hood y sus Alegres Compañeros!", gritaba la gente.

"Tome, querida señora, ahora podrá atender a su esposo enfermo y darle las medicinas que necesita", dijo Robin, entregándole el dinero a una mujer.

"Dios lo bendiga, gentil caballero, usted nos ha salvado a todos", contestó la mujer y le dio un beso en la mejilla.

"Esto es para la iglesia, padre", dijo el Fraile Tuck, mientras le entregaba una bolsa llena de monedas al sacerdote.

"Gracias, Fraile Tuck", contestó el sacerdote. "Ahora podré reparar las goteras del techo de la iglesia."

"Esto es para ustedes, queridos aldeanos", dijo Will Scarlet, mientras le daba dinero a una joven pareja para que pudiera comprar leche para sus bebés.

Después llegó la hora de que Robin y sus Alegres Compañeros regresaran al Bosque de Sherwood. Los aldeanos no querían que se fueran, de modo que ofrecieron un festín para sus héroes que duró hasta muy entrada la noche.

Cuando Robin, el Fraile Tuck, el Pequeño Juan y Will Scarlet regresaron a su campamento estaban muy cansados, pero muy felices también.

La noticia de que Robin había detenido a los recolectores del alguacil se extendió por todas partes.

Tratando de que Robin saliera de su escondite, el alguacil de Nottingham anunció que se realizaría una competencia de tiro con arco en la plaza de la aldea. La competencia estaba abierta a todos y el premio sería una valiosa flecha de oro.

La competencia resultaba demasiado tentadora para Robin, aunque sabía que era una trampa para atraparlo.

"Acérquense, mis Alegres Compañeros", dijo Robin Hood. "El alguacil piensa que es más astuto que yo y me puso una trampa en forma de competencia de tiro con arco. Bueno, nada me haría más feliz que aprovecharme de ese villano."

"Pero Robin, ¿cómo podremos entrar a la competencia sin que nos reconozcan?", preguntó el Pequeño Juan.

"Es fácil", dijo Robin Hood con una sonrisa de oreja a oreja. "Usaremos disfraces y entraremos a la competencia."

A los Alegres Compañeros les gustó la idea de Robin y empezaron a buscar sus disfraces. Robin se vistió de mendigo tuerto, se puso unos harapos y tiñó su barba. El Fraile Tuck se vistió de panadero. Will Scarlet decidió ir de músico y pidió prestada la mandolina de un amigo. El Pequeño Juan fue de herrero, se puso un mandil y tomó un martillo muy pesado.

Robin y sus hombres fueron a la competencia, cada uno por su lado, y llegaron desde diferentes direcciones, pues no querían llamar la atención del alguacil.

Llegaron arqueros de toda Inglaterra a la competencia. Estaban ansiosos por ganar la valiosa flecha de oro.

El alguacil de Nottingham había mandado a sus hombres a la aldea para infiltrarse entre la multitud. Su única misión era atrapar a Robin Hood, en caso de que se atreviera a aparecerse por ahí.

El alguacil supervisó el evento, conforme arquero tras arquero apuntaba al blanco. En cada ronda de la competencia los blancos se hacían más difíciles y había menos competidores.

Finalmente, sólo quedaron dos hombres: Hugo el Moro y Robin Hood.

Hugo el Moro hizo su último tiro y dio justo en el centro. La multitud lo aclamó y Hugo sonrió triunfante, pensando que su rival no podría hacerlo mejor.

Robin tomó su lugar y apuntó su flecha al blanco. Lentamente tensó la cuerda de su arco, y todos contuvieron la respiración.

Robin soltó la flecha y ésta cortó el aire y dio justo en la flecha de Hugo, ¡partiéndola a la mitad!

¡Robin ganó la competencia!

La multitud aclamó al misterioso mendigo tuerto. Después, el alguacil lo premió con la flecha de oro.

"Gracias, noble alguacil", dijo Robin Hood, tomando su premio. Estaba a punto de irse cuando el alguacil lo detuvo.

"No tan rápido, arquero", le dijo el alguacil. "Jamás había visto tan maravillosas habilidades, a excepción del forajido Robin Hood. Le ruego que cene conmigo esta noche, considérelo como un segundo premio. Tengo el mejor cocinero de Nottingham."

Robin no lo podía creer. Se mordió un labio para no reírse y aceptó la invitación a cenar. Pasó una agradable velada en la casa del alguacil, disfrutando de la abundante comida y la música.

Más tarde, Robin se reunió con el Pequeño Juan y los demás Alegres Compañeros. Estaban a punto de regresar al bosque, cuando Robin cambió los planes y volvió a la casa del alguacil. Cuando llegó ahí, lanzó una flecha que llevaba una nota. La flecha cruzó la ventana y llegó hasta el comedor.

El alguacil se enfureció cuando leyó la nota de la flecha: "Robin Hood fue el hombre que ganó la flecha de oro y disfrutó su comida esta agradable noche."

Robin y el Pequeño Juan rieron todo el camino de regreso al Bosque de Sherwood, recordando cómo habían engañado al alguacil.

Un día, mientras Robin y sus amigos daban un paseo, se encontraron con un joven muy triste.

"¿Por qué estás tan triste?", le preguntó Robin.

"Mi nombre es Allan Dale y lloro porque mi amada se va a casar con otro hombre. Su padre arregló ese matrimonio porque quiere el dinero del novio. Él es un viejo caballero y tiene más dinero de lo que yo podría reunir jamás. Yo sólo soy un simple cantante y poeta viajero."

Robin ofreció ayudarle a casarse con la mujer que amaba. Allan se emocionó y prometió ser miembro leal de la banda de Robin Hood.

Con el tiempo encima, Robin y los demás se apresuraron a llegar a la capilla donde se celebraría el matrimonio. Fueron los primeros en llegar, que era lo que deseaban. Robin pidió a sus amigos que se escondieran cerca mientras él se ponía la ropa de Allan Dale. Ahora, Robin Hood parecía un poeta viajero.

Cuando aparecieron los invitados de la boda, Robin los saludó. Habló con el obispo encargado de realizar la ceremonia. El obispo quería que él tocara algo de música, pero Robin se rehusó. Dijo que no tocaría nada hasta que hubieran llegado todos los invitados de la boda y la ceremonia estuviera a punto de comenzar.

Finalmente, llegaron todos los invitados.

Poco después, el obispo sacó su libro para casamientos y cuando estaba a punto de comenzar la ceremonia, Robin se interpuso entre la novia y el caballero.

"No habrá matrimonio hoy a menos que la novia se case con Allan Dale", dijo Robin Hood.

"Jamás", exclamó el padre de la novia.

"Estás ocasionando problemas y quiero que te vayas", le dijo el obispo a Robin. Robin sonrió y sopló su cuerno. En un instante, todos los invitados de la boda estaban rodeados por los Alegres Compañeros.

El Pequeño Juan le dio a Robin una bolsa llena de monedas de oro y éste se la dio al padre de la novia. Entonces, el viejo caballero se dio cuenta de que lo que querían era su dinero y anuló su propuesta de matrimonio.

"Me niego a realizar la ceremonia", dijo el obispo. "Así que, ¿quién casará a tus amigos ahora?"

"Yo lo haré", dijo el Fraile Tuck. Se acercó y le quitó al obispo su libro para casamientos.

Cuando todos se habían calmado, el Fraile Tuck casó a Allan Dale con su hermosa novia.

Después de eso, todos fueron a celebrar la boda en el Bosque de Sherwood, donde los recién casados formaron su hogar.

Una mañana de sábado, Robin y sus Alegres Compañeros salieron al camino que rodeaba el bosque. Ahí, tomaron sus posiciones para detener a los viajeros ricos y cobrarles una cuota.

Al poco rato detuvieron a un alfarero que se dirigía al mercado. Robin le pidió la cuota y el alfarero se rehusó a pagarla.

"Apenas gano suficiente dinero para que podamos comer mi caballo y yo, y tú te atreves a pedirme dinero. Si robas a los pobres, en realidad no eres mejor que los hombres del alguacil", dijo el alfarero.

"Estimado señor, perdóneme", dijo Robin. "Lo siento mucho, permítame ayudarlo."

Robin ofreció cambiar de lugar con el alfarero: él iría al mercado a vender su mercancía, mientras el otro disfrutaba de la comida y descansaba en el campamento. El alfarero accedió e intercambiaron sus ropas. Enseguida, Robin se dirigió a Nottingham.

En el mercado, Robin se dio cuenta de que vender era un trabajo lento y aburrido. Para hacer las cosas más divertidas comenzó a vender las ollas a la mitad de su valor. Esto causó mucho alboroto y al poco tiempo estaba vendiendo ollas más rápido de lo que se imaginó.

Robin Hood le vendió ollas hasta a la esposa del malvado alguacil de Nottingham.

A la esposa del alguacil le agradó Robin y lo invitó a cenar a su casa. Robin aceptó la invitación y una vez más fue disfrazado a la casa del alguacil.

Durante la cena, la conversación se enfocó en Robin Hood. Viendo la oportunidad de burlarse del alguacil, Robin le dijo que había herido a Robin Hood cuando se dirigía al mercado esa mañana y para probarlo le podría mostrar el arco de Robin que traía en su carreta.

El alguacil se sorprendió y le pidió verlo al instante. Afuera, se maravilló con el estupendo arco. Le preguntó al alfarero dónde estaba Robin y él le ofreció llevarlo con el forajido herido.

Cabalgaron por el bosque hasta llegar a un claro aislado. Robin saltó de su caballo y sopló su cuerno. En unos instantes, el alguacil estaba rodeado por los Alegres Compañeros. ¡Entonces se dio cuenta de que lo habían engañado!

Robin Hood reveló su identidad, le quitó la bolsa al alguacil y contó el dinero. Se quedó con la mitad y la otra mitad se la dio al verdadero alfarero, quien le agradeció el dinero extra.

Después, Robin dejó ir al alguacil. El Pequeño Juan lo subió al caballo al revés sólo para reírse un poco.

"Recuerde darle las gracias a su esposa por su amabilidad conmigo. Es la única razón por la que usted regresa a casa avergonzado, pero no herido", dijo Robin.

El alguacil de Nottingham estaba tan enojado y avergonzado por su último encuentro con Robin Hood, que organizó un festín e invitó a los caballeros más valientes de Inglaterra. Después de la cena, les ofreció una valiosa recompensa por la captura de Robin Hood, pero ninguno de ellos resultó lo suficientemente valiente como para aceptar la oferta.

Un caballero le contó al alguacil acerca de otro caballero que vivía en Gisbourne y era de los más temidos de esas tierras. Al día siguiente, el alguacil envió un mensajero a ver a Sir Guy de Gisbourne. Sir Guy aceptó el reto y salió inmediatamente a capturar a Robin Hood.

Sir Guy rastreó a Robin hasta el Bosque de Sherwood. Cuando Robin se encontraba solo, el malvado caballero se abalanzó sobre el sorprendido Robin Hood.

"Ríndete, Robin Hood", dijo Sir Guy. "Yo, Sir Guy de Gisbourne, he venido a llevarte ante el alguacil de Nottingham."

"Preferiría morir antes que rendirme sin pelear", dijo Robin, mientras sacaba su espada.

Los dos eran espadachines expertos y pelearon durante un largo tiempo, pero Robin logró derrotar a Sir Guy de Gisbourne y enviarlo de regreso, todo adolorido, con el alguacil.

Una vez más, los planes del alguacil habían fallado.

Aunque habían sido amigos de niños, Robin Hood y Marian no se habían visto por años.

Durante ese tiempo, los padres de la joven murieron y ella perdió su hogar. Después de escuchar que Robert se había convertido en Robin Hood, decidió encontrarlo.

Mientras Marian caminaba por el Bosque de Sherwood buscándolo, Robin se dirigía a Nottingham, con un disfraz diferente.

Marian también estaba disfrazada, vestía como un joven. Se vistió así porque en aquellos tiempos a las mujeres no se les permitía viajar solas. No hace falta decir que Robin y Marian no se reconocieron.

Robin, siempre curioso, le preguntó a Marian qué hacía por ahí. Marian, temiendo que la asaltara, sacó su espada y le dijo al andrajoso hombre que se alejara, porque ella estaba buscando a Robin Hood.

Robin sonrió y le dijo: "Pues lo has encontrado."

Marian lo miró detenidamente. "Si tú eres Robin Hood, entonces te ha ido peor que a mí", exclamó.

Reconociendo la voz, Robin gritó: "¡Pero si eres Marian, mi amiga de la infancia!"

Robin la invitó a vivir con él y sus amigos en el Bosque de Sherwood. ¡Cuando regresaron al campamento, celebraron con una gran cena!

Durante los meses siguientes, Robin siguió molestando al alguacil de Nottingham, robando a los ricos para ayudar a los pobres. Cuando no lo hacía, pasaba el tiempo con Marian.

Daban largos paseos por el bosque, se leían poesías y Robin le enseñó a usar el arco. Ella aprendió rápidamente.

A ninguno de los Alegres Compañeros le sorprendió que Robin anunciara su boda con Marian. Todos felicitaron a su líder y ofrecieron un banquete en su honor. Allan Dale cantó canciones sobre las valerosas aventuras de Robin, el Pequeño Juan realizó actos de fuerza y el Fraile Tuck bendijo a la pareja.

Todos en el Bosque de Sherwood fueron a la boda de Robin y Marian. También fueron algunas de las personas a las que Robin había ayudado en el transcurso de los años. Todos pasaron un rato agradable.

Robin y Marian tuvieron una vida larga y feliz, pero no tranquila. El matrimonio no impidió que Robin siguiera haciendo lo que más le gustaba: ayudar a los necesitados. Y ahora tenía a Marian a su lado, con su arco y flecha listos.

¿Y el alguacil de Nottingham? Bueno, por más que lo intentó, jamás logró atrapar al forajido Robin Hood.

Heidi

Basado en la historia original de
JOHANNA SPYRI

Adaptado por Lisa Harkrader
Ilustrado por Linda Dockey Graves

Heidi subía por la empinada montaña. "Tía Detie, ¿podríamos quedarnos abajo en el pueblo sólo por una noche?"

La tía Detie refunfuñó: "No seas tonta, tienes una cama linda y suave esperándote arriba en la montaña. Ven, Heidi, no perdamos el tiempo."

"Pero tía Detie", dijo Heidi, mientras pasaba su bolsa de ropa de un brazo a otro. "¿Y si los aldeanos tienen razón? ¿Y si él es malvado, gruñón y ruin? ¿Y si odia a los niños?"

La tía Detie alzó los brazos al cielo. "Él es tu abuelo, Heidi. ¿Qué tan malo puede ser? No seas egoísta, yo ya no puedo encargarme de ti."

Mientras subían por el camino, se fue toda la tarde. Finalmente, llegaron a una ladera donde había una cabaña con un pequeño establo.

Un viejo estaba sentado sobre un banco en la parte de enfrente, fumando una pipa; tenía una barba enorme y rizada, y cejas grises y tupidas. Frunció el ceño cuando las vio.

"¿Abuelo?", Heidi puso su bolsa en el suelo. "Soy yo, Heidi."

El viejo entrecerró los ojos y miró fijamente a Heidi, golpeando su pipa contra el banco. "Tienes los ojos de tu madre", le dijo.

Heidi bajó la mirada. "Supongo que eso es malo", murmuró.

El anciano se quedó callado durante un momento. "No", dijo suavemente. "Es bueno, muy bueno."

El abuelo de Heidi abrió sus brazos y Heidi cayó en ellos. Era el primer abrazo que le daban en mucho tiempo y quería que no terminara nunca.

La tía Detie aclaró su garganta. "Me he encargado de Heidi durante cinco años, desde que sus padres murieron. Es tu turno de llevar la carga."

"¿Carga?", gruñó el abuelo de Heidi.

Detie agregó: "He aceptado un nuevo empleo en Frankfurt y no me puedo llevar a la niña."

El abuelo miró a Detie con sus ojos duros y oscuros. Detie dio un paso atrás, después les dio la espalda y comenzó a bajar la montaña.

"Buena escapada", refunfuñó el abuelo.

El abuelo llevó a Heidi adentro. La cabaña era limpia, confortable y olía a él. Tenía una alacena, una mesa, una silla y una cama. Pero el lugar favorito de Heidi era el pajar. La niña podía ver el brillante cielo y escuchar el susurro de los abetos a través de la ventanita redonda del granero.

"Yo dormiré aquí arriba", dijo.

Al atardecer, Heidi siguió a su abuelo por el establo mientras alimentaba a las cabras Blanquita y Copo de Nieve, y miró cómo hacía un banquito para que ella se pudiera sentar a la mesa.

Esa noche, Heidi se acostó en su nueva cama observando las estrellas y se quedó dormida con el arrullo de los abetos.

Cuando Heidi abrió los ojos, ya los rayos del sol entraban al granero, calentando la suave paja de su cama. Ella sonrió y se estiró.

"¡Turco!" La voz de un niño se escuchó por la ventana, seguida de un agudo silbido y un fuerte balido.

Heidi bajó apresuradamente del granero y salió por la puerta. Se encontró a un niño parado cerca del establo del abuelo. Era un poco mayor que Heidi y estaba rodeado de cabras.

El abuelo de Heidi sacó a Blanquita y a Copo de Nieve del establo. "Buenos días, Heidi", le dijo. "Él es Pedro, se encarga de llevar las cabras del pueblo a la montaña para que pasten cada mañana, luego las regresa al anochecer."

"¡Pinzón! Ven aquí. ¡Turco!" El niño gritaba y silbaba.

El abuelo sacudió la cabeza. "Por más que Pedro lo intenta, las cabras no le hacen caso."

"Yo podría ayudarle", dijo Heidi. "Me encantaría pasar el día en la pradera."

El abuelo entró a la cabaña y regresó unos minutos después con un saco. Se lo dio a Heidi. "Tu almuerzo", le dijo y luego se dirigió a Pedro: "Hay suficiente para ti también." Pedro estaba sorprendido.

"Bueno, ponte en marcha si vas a venir", dijo el niño.

Heidi siguió a Pedro por el camino que subía a la montaña. La niña corría entre las cabras, riendo y palmeando sus cabecitas.

Finalmente llegaron a una frondosa pradera y Pedro se detuvo.

Heidi estiró los brazos y dio un giro completo. "Es hermoso."

Pedro refunfuñó: "Sólo quédate fuera de mi camino. Cuando las cabras se escapan, tengo que alcanzarlas para traerlas de regreso. No quiero que me vayas a hacer más difíciles las cosas."

Heidi se recostó y acarició a Blanquita, y después a Copo de Nieve. Las dos cabras apacentaban cerca de Heidi y la niña brincaba entre ellas, rascándoles sus cuellos. Ninguna de las cabras se escapó. Pedro la miró y sacudió la cabeza.

"¿No estás contento de que haya venido?", dijo Heidi.

Pedro refunfuñó, luego sonrió. "Sí", dijo, "lo estoy".

Heidi y Pedro compartieron el almuerzo que les había preparado el abuelo: queso, salchichas y una crujiente hogaza de pan. Pedro se comió su parte y, cuando Heidi se sintió demasiado llena como para seguir comiendo más, también se terminó la de ella.

"No recuerdo haberme sentido tan lleno antes." Pedro se recostó en el pasto. "Vivo a la mitad del camino que baja de la montaña, con mi madre y mi abuela. Mi madre se dedica a hacer remiendos, pero no le pagan mucho. La abuelita solía hilar, pero ahora está ciega y muy enferma."

"Debe estar muy sola", dijo Heidi. "Tal vez podría ir a visitarla."

Pedro sonrió: "Eso le encantaría", le dijo.

Heidi subió con Pedro a la montaña todos los días. Al cabo del verano llegó el otoño y al poco tiempo ya hacía demasiado frío como para llevar a las cabras a pastar en lo alto.

"Ahora tengo tiempo para ir a visitar a la abuelita de Pedro", le dijo Heidi a su abuelo.

"Yo no visito a los vecinos", dijo el abuelo.

"Lo sé", dijo Heidi. "Por eso los aldeanos piensan que eres un gruñón... ni siquiera te conocen. Si te conocieran, sabrían lo maravilloso que eres."

El abuelo rezongó: "Te llevaré a casa de Pedro y pasaré a recogerte antes de que anochezca. Yo no me voy a quedar ahí, tengo muchas cosas que hacer."

La abuela de Pedro se alegró de ver a Heidi. "Hacía mucho tiempo que nadie venía a visitarme", le dijo.

"Entonces vendré a visitarla todos los días", dijo Heidi.

Heidi tomó la mano de la abuelita y comenzó a platicarle sobre Blanquita, Copo de Nieve y su vida con el abuelo. Ella rió al ver la energía de Heidi.

Mientras hablaban, el viento entraba silbando por los resquicios de la casita. La anciana se puso su viejo chal sobre los hombros. Un cerrojo golpeteaba afuera.

Al poco rato, Heidi escuchó otro tipo de golpes: fuertes y firmes. Levantó la cortina y se asomó afuera. "¡Es el abuelo!", dijo. Con un martillo, estaba poniendo un clavo en el cerrojo suelto para que el viento no lo moviera.

Heidi mantuvo su promesa: visitó a la abuelita todos los días de ese invierno. Y cada día el abuelo de Heidi arreglaba algo más en la casa de la anciana. Reparó el techo, selló las paredes, arregló el chirrido de la puerta. Para cuando llegó la primavera, la casa de la abuelita estaba en perfecto estado.

Una mañana, mientras Heidi y su abuelo desayunaban, escucharon que alguien tocaba a la puerta. Heidi la abrió y la tía Detie apareció.

"Empaca tus cosas", le dijo a Heidi. "Tenemos que tomar un tren. Encontré un lugar para ti con una adinerada familia de Frankfurt." Luego abrió la alacena y comenzó a reunir toda la ropa de Heidi. "La hija está en silla de ruedas y necesita compañía."

El abuelo se puso de pie. "Heidi no irá a ningún lado", dijo.

Detie resopló: "¿Y qué clase de vida tiene aquí? Atrapada en una montaña con un viejo y sus cabras. Ni siquiera la has mandado a la escuela."

"El pueblo queda muy lejos", dijo el abuelo. "No puede ir a la escuela ella sola."

"Entonces estarás feliz de saber que la familia de Frankfurt tiene un tutor", dijo Detie. "Heidi va a recibir la educación más refinada." Miró al abuelo. "¿No le negarías eso, o sí?"

El abuelo sacudió su cabeza tristemente. Envolvió a Heidi con sus brazos. "Reúne tus cosas", le dijo, "tienes que tomar un tren".

Heidi estaba parada sobre el pulido piso de mármol y observaba el salón.

"Toda la cabaña del abuelo cabría en este salón", le susurró a la tía Detie. "Y su establo también, con espacio para que las cabras pudieran correr."

"Shhh", Detie alisó el abrigo de Heidi. "Ya no estés hablando de establos y cabras. El señor Sesemann pensará que no eres la compañía adecuada para su hija."

Esperaron en silencio y al poco rato una mujer alta entró al salón.

"El señor Sesemann salió de viaje de negocios", dijo la mujer. "Yo soy su ama de llaves, la señora Rottenmeier. Yo tomo las decisiones en su ausencia." Observó a Heidi. "Supongo que esta es la niña."

Detie asintió: "Su nombre es Heidi."

"¿Heidi?", exclamó la señora Rottenmeier. "Ese no es un nombre propio. Supongo que es el diminutivo de Adelheid. Me temo que no es la niña adecuada. Tendrá que llevársela, no puedo decepcionar al señor Sesemann."

Heidi escuchó un chirrido, y una silla de ruedas apareció en el salón. En la silla estaba sentada una pálida niña de hermosos y largos rizos y apariencia frágil.

"Mi padre se decepcionaría más si yo me enojara", dijo la niña. Le sonrió a Heidi y después miró a la señora Rottenmeier. "Y si usted manda a Heidi de regreso a su casa, yo me enojaré mucho."

"Muy bien." La señora Rottenmeier lanzó una mirada poco amigable a Heidi y se fue.

El nombre de la niña era Clara. "No te preocupes por la señora Rottenmeier", le dijo a Heidi. "Mi padre le ha dado órdenes estrictas de no hacerme enojar." Se rió. "Y la señora Rottenmeier le teme muchísimo a mi padre."

Heidi asintió. Pero ella le temía muchísimo a la señora Rottenmeier.

El ama de llaves observó a Heidi durante la cena y la puso muy nerviosa.

Cuando el tutor llegó, la señora Rottenmeier se sentó en una esquina, observando a Heidi aprender el abecedario. El tutor era muy paciente y Clara trató de ayudar.

Pero la señora Rottenmeier se enfadó. "Obviamente no es muy brillante si ni siquiera sabe el abecedario."

Puso a Heidi tan nerviosa durante las lecciones, que la niña titubeaba con cada letra. Comenzó a pensar que la mujer tenía razón: era una tonta.

Pero por las tardes Heidi y Clara jugaban en la habitación de Clara, y Heidi le contó todo sobre su vida en las montañas.

"En el verano, Pedro y yo subimos a la pradera donde sólo hay pasto fresco, flores y un cielo azul. En el invierno, el abuelo saca el trineo y nos deslizamos hacia abajo en la montaña, desde nuestra casa hasta la de Pedro."

"Suena maravilloso", decía Clara.

"Lo es", susurraba Heidi, y cerraba sus ojos para que Clara no pudiera ver las lágrimas que asomaban en ellos.

El doctor de Clara venía una vez a la semana a examinarla.

"Tus mejillas se ven más rosadas y regordetas cada vez que te veo, Clara." El doctor Classen le sonrió a Heidi: "Le haces bien, Heidi."

Cuando la abuela de Clara llegó a visitarla, estuvo de acuerdo con el doctor Classen. "Clara, te ves maravillosa", le dijo la abuela.

"Es gracias a Heidi", dijo Clara.

"Gracias, Heidi." La abuela abrazó a Clara y a Heidi.

Todas las tardes, la abuela les leía cuentos de un enorme libro. Heidi escuchaba cada palabra y, cuando terminaba, se recostaba sobre el enorme y grueso tapete de Clara y suspiraba.

"¿Te gusta este libro, verdad?", le preguntó la abuela.

Heidi asintió.

"Entonces es tuyo", dijo la abuela. "Te lo regalo."

Heidi miró al piso. "No puedo aceptarlo, soy demasiado estúpida para leerlo."

"Tonterías", dijo la abuela. "Yo te ayudaré y pronto estarás leyendo este libro tú sola."

Todas las tardes, la abuela se sentaba con Heidi y el libro de cuentos. Heidi aprendió el abecedario y lentamente comenzó a leer palabras. Para cuando la visita de la abuela llegó a su fin, Heidi ya leía los cuentos ella sola.

Cada noche, Heidi guardaba su libro de cuentos bajo su almohada. Soñaba que estaba en su casa de las montañas, jugando con Pedro y las cabras, y leyéndole algo a la abuelita. Pero más que nada, soñaba que vivía en la cabaña con el abuelo.

Un día, el doctor Classen vino a visitar a Clara. "Estás sana como una manzana", le dijo. "Cada vez te veo más saludable." Volteó a ver a Heidi. "Pero tú, mi niña, estás pálida y delgada. ¿Te sientes bien?"

"Estoy bien", dijo Heidi.

Clara negó con la cabeza. "Creo que está triste por algo. Casi no come nada y en las noches la oigo dar vueltas en la cama."

Heidi encogió los hombros. "Es que estoy acostumbrada a dormir en la paja."

"Sí, supongo que así es." El doctor Classen recogió su maletín. "Pero si te empiezas a sentir enferma, prométeme que me lo harás saber."

Esa noche, Heidi se despertó de un sobresalto. Se encontró recostada sobre el tapete del salón, rodeada por Clara, la señora Rottenmeier y el doctor Classen.

"¡Oh, Heidi!", exclamó Clara. "Nos diste un buen susto."

"Más bien a mí." La señora Rottenmeier miró a Heidi. "Andabas merodeando por la casa a media noche y ni siquiera contestaste cuando te llamamos."

El doctor Classen le dio palmaditas en la mano. "Ella no podía contestar, señora Rottenmeier", dijo. "Nuestra Heidi es sonámbula."

"¡Sonámbula!" La señora Rottenmeier se llevó las manos al pecho. "Debe curarla, doctor Classen. No podemos tenerla paseando por la casa por las noches, asustando a la servidumbre y preocupando a Clara."

"Me temo que Clara se preocupa de cualquier manera." El doctor Classen sonrió a Heidi. "La única cura es mandar a Heidi de regreso a la montaña que tanto ama."

A la mañana siguiente, la señora Rottenmeier ya había empacado las cosas de Heidi. La niña apenas tuvo tiempo para despedirse de Clara antes de que la mandaran a la estación del tren.

"Te escribiré", le gritó Clara. "Y pronto iré a visitarte."

Heidi viajó en tren desde Frankfurt hasta el pequeño pueblo que estaba al pie de la montaña donde vivía el abuelo. Cuando llegó, dejó sus cosas en la estación del tren y corrió directamente hacia la montaña. El abuelo estaba sentado en su banco frente a la cabaña, justo como cuando ella vino a vivir con él por primera vez.

Sin embargo, esta vez él bajó corriendo para encontrarse con ella. La abrazó con fuerza y le dio mil vueltas.

"¡Heidi!", dijo. "Mi Heidi está en casa."

Esa noche, Heidi durmió en su cama de paja, bajo el brillo de las estrellas y los abetos susurrantes. Esta vez no dio vueltas en la cama, ni caminó dormida.

A la mañana siguiente, el abuelo se vistió con un elegante traje de lana.

"¡Abuelo!", dijo Heidi. "Estás muy elegante. Te ves muy bien."

"Es domingo", dijo el abuelo. "Vamos a ir a la iglesia." El abuelo sonrió.
"Detie tenía razón en algo: no debes estar encerrada aquí arriba con un viejo y sus
cabras. Debes conocer a la gente del pueblo."

Heidi se puso su vestido más bonito, uno que Clara le había regalado, y ella
y el abuelo bajaron de la montaña. Las campanas de la iglesia se escuchaban en
todo el valle. Pero cuando llegaron a la iglesia, los aldeanos los observaron. Todos
cuchicheaban entre sí y murmuraban. Heidi miró al abuelo.

"Nunca han visto a un par tan bien parecido como nosotros", dijo. Volteó a
ver al panadero del pueblo. "Buenos días, señor."

El panadero lo miró asombrado. "Buenos días tenga usted." Estrechó la mano
del abuelo. "¡Qué hermosa mañana!"

El abuelo estrechó la mano del maestro, después la del carnicero. Al poco rato
todas las personas del pueblo estaban estrechando la mano del abuelo y diciéndole
buenos días.

Heidi pasó el verano cuidando las cabras junto con Pedro, leyéndole cuentos a
la abuelita y yendo a la iglesia todos los domingos con el abuelo.

Un día, vio a un hombre que se acercaba por el camino. Su cabello blanco y
mejillas regordetas le parecieron familiares.

"¡Doctor Classen!", gritó Heidi. Y corrió por el camino para encontrarse con él.

"¡Heidi!", exclamó el doctor Classen. "Apenas te reconozco. Te veo muy contenta y has crecido mucho."

"Gracias", dijo Heidi. Y miró hacia el camino. "Pero, ¿dónde está Clara? Dijo que vendría a visitarme."

El doctor suspiró y sacudió su cabeza. Sus ojos se veían cansados y su cara pálida. "Clara empeoró cuando te fuiste, Heidi. Te extraña. Pero ahora se está sintiendo mejor y la primavera entrante su abuela la traerá a visitarte." Sonrió. "Mientras tanto, tendrás que alojar a un viejo y cansado doctor que necesita unas vacaciones."

El doctor Classen y el abuelo pasearon por toda la montaña. El abuelo le contó acerca de las flores silvestres y los árboles. El doctor le contó al abuelo sobre su vida en Frankfurt y lo mucho que el tutor de Clara le enseñó a Heidi.

Para cuando terminó la visita del doctor Classen, sus mejillas lucían rosadas y saludables.

"Si hay algo que le puede hacer bien a Clara", dijo al abordar el tren para Frankfurt, "es precisamente el aire fresco de la montaña".

Al día siguiente, Heidi despertó y se encontró con que el abuelo estaba empacando las cobijas, algunos platos y toda la ropa.

"He alquilado una casa en el pueblo", le dijo. "Viviremos ahí durante el invierno para que puedas ir a la escuela."

Heidi y el abuelo se quedaron en el pueblo todo el invierno. Pedro llegaba cada mañana y acompañaba a Heidi hasta la escuela.

Un día, cuando el año escolar casi había terminado, llegó una carta de Frankfurt para Heidi. La abrió inmediatamente y la leyó en voz alta.

Querida Heidi:

El doctor Classen dice que ya estoy lo suficientemente fuerte como para ir a visitarte a las montañas.

La abuela y yo llegaremos por tren para fin de mes.

Me muero de ganas de verte.

Te quiere, Clara

P.D. No te preocupes, ¡la señora Rottenmeier no quiere ir con nosotras!

"¡En un mes!", exclamó Heidi. "¡Veré a Clara y a la abuela en un mes!"

En cuanto las clases terminaron, Heidi y el abuelo regresaron a su cabaña. Prepararon todo para la visita de Clara. Limpiaron la cabaña por dentro y por fuera. El abuelo compró pan fresco y mantequilla en el pueblo, y caminó por toda la montaña recolectando hierbas para Blanquita.

"Quiero que Blanquita dé leche buena y saludable", dijo.

Un día, mientras Heidi sacudía los tapetes afuera de la cabaña, vio que un grupo de personas subía la montaña: una mujer, un hombre que empujaba una silla de ruedas y dos hombres cargando a una niña de largos rizos.

"¡Ya llegaron!", gritó.

La abuela se hospedó en el pueblo, pero Clara quiso quedarse con Heidi y el abuelo.

"¡Oh, Heidi!", dijo Clara. "Ya adoro las montañas."

Todos los días, Clara se daba un festín con leche fresca de cabra, queso ahumado, pan crujiente y mantequilla dulce. En las noches dormía con Heidi en el pajar, donde las estrellas brillaban y el susurro de los abetos las arrullaba.

Por las mañanas, la abuela subía a la montaña a visitarlos. Cada día abrazaba a Clara y le decía: "Te veo más fuerte y saludable que ayer."

En las tardes, Heidi y Pedro empujaban la silla de Clara hasta lo alto de la pradera. Las cabras querían mucho a Clara y ella estaba encantada con las cabras. A Pedro también le agradaba Clara, pero Heidi lo notaba un poco triste, aunque él insistía en que todo estaba bien.

En las noches, el abuelo y Heidi ayudaban a Clara con una sorpresa para la abuela. El abuelo sostenía a Clara con sus fuertes brazos y Heidi colocaba los pies de Clara en el piso. Clara balanceaba su peso primero en un pie y luego en el otro.

"Duele", murmuraba.

El abuelo la abrazaba. "Eres muy valiente por tratar de caminar. Piensa en lo feliz que se pondrá la abuela cuando te encuentre en el camino."

Clara asentía y daba un paso más adelante.

El último día de la visita de Clara, ella, Heidi, el abuelo y Pedro se reunieron fuera de la cabaña a esperar a la abuela.

Cuando vieron a la abuela, Heidi sostuvo uno de los brazos de Clara y Pedro el otro. Clara caminó hacia su abuela.

"¡Clara!", exclamó la abuela. "¡Estás caminando!"

Abrazó a Clara y después a Heidi, a Pedro y al abuelo, hasta que todos terminaron riéndose y abrazándose.

Pronto llegó el momento de llevar a Clara y a la abuela a la estación del tren. Todos bajaron la montaña, todavía riendo y charlando.

Pero Heidi notó que Pedro estaba muy callado. Le preguntó: "¿Qué te sucede?"

Pedro encogió los hombros. "Ahora vas a regresar con Clara a Frankfurt y yo te voy a extrañar."

Heidi se rió. "¿Por eso has estado tan triste todo el verano?" Yo no podría alejarme de aquí. Extrañaría demasiado al abuelo, a la abuelita, las cabras, la escuela y la montaña." Sonrió. "Y a ti."

Clara y la abuela abordaron el tren. El silbato sonó y el tren comenzó a alejarse. Heidi les dijo adiós con la mano hasta que el tren se perdió de vista.

Después se dirigió a Pedro y al abuelo. "Es hora de volver a casa", dijo. Y todos regresaron a la montaña.

La Isla del Tesoro

Basado en la historia original de
ROBERT LOUIS STEVENSON

Adaptado por Graham Wiemer
Ilustrado por Julius y Victoria Lisi

Lo primero que vi fue al andrajoso y viejo marinero mientras se aproximaba a la posada del Almirante Benbow, arrastrando un cofre maltratado. Yo estaba ocupado ayudando a mi madre a atender la posada y, mientras el extraño tocaba a la puerta, pude escucharlo cantar una extraña cancioncilla. "Yo-jo-jo y una botella de ron", fueron las únicas palabras que pude entender.

"¿Cómo te llamas?", preguntó el extraño, mientras lo dejaba pasar.

"Soy Jim Hawkins", le dije. "Mi madre y yo atendemos esta posada."

"Estoy seguro de que es una de las mejores en Inglaterra", dijo.

Lo ayudé a subir su cofre hasta una de nuestras habitaciones. "Puedes llamarme capitán", dijo, entrando a su habitación. "Te pagaré una moneda de plata cada semana si me avisas si se acerca un marinero con una sola pierna. No es más que un pirata de lo peor."

Yo accedí, y pasaron varios días antes de que otro hombre llegara a la posada. No alerté al capitán, ya que este tipo tenía ambas piernas. "Estoy buscando a Billy Bones", dijo el corpulento extraño al entrar a la posada.

"¡Lo has encontrado, Black Dog!", gritó el capitán, levantándose de una silla que estaba en la esquina. "¡Y te arrepentirás de haberlo hecho!"

Black Dog y Billy Bones se acercaron precipitadamente, desenvainando sus espadas.

El hombre conocido como Black Dog no fue ningún rival para Billy Bones y salió corriendo por la calle.

Más tarde, ese mismo día, llegó un ciego a la posada y me dio un papel. "Entrégale esto a Billy Bones", dijo el hombre. Yo le di al capitán, Billy Bones, el papel, y comenzó a temblar de miedo.

"Esta es una advertencia, Jim", murmuró. "Black Dog y sus asquerosos amigos vendrán pronto a llevarse mi cofre. Voy a esconderlo aquí en la posada. Me iré unas semanas, para entonces Black Dog y sus amigos deben haber levado anclas hacia otro lugar."

Después de salir del cuarto de Bones, escuché que levantaba algunas tablas del piso. Sabía que estaba escondiendo el cofre ahí. Cuando Bones salió por la puerta trasera, rápidamente le conté todo a mi madre. Ella parecía preocupada y molesta.

"Estoy segura de que hay dinero en ese cofre y el señor Bones aún no nos ha pagado", dijo mi madre. Quitamos las tablas del piso y encontramos el cofre. Forcé la tapa para abrirlo. ¡Debía haber una fortuna en oro y plata ahí adentro!

"Toma sólo lo que nos debe y deja el resto", dijo mi madre. Yo tomé algunas monedas de oro y un misterioso paquete de papeles. Pronto descubriría el valor de esos papeles.

"Hijo, estoy segura de que Black Dog y sus hombres son piratas", dijo mi madre. "Pronto regresarán por ese cofre del tesoro. Sé que se pondrán furiosos si descubren que tomamos un poco del oro. ¡Debemos escondernos en algún lugar!"

Estaba oscureciendo cuando corrimos hacia el bosque. Los piratas no podrían encontrarnos en la noche entre los árboles y los espesos matorrales.

Al cabo de una hora escuchamos ruidos provenientes de la posada. "¡Los piratas están destruyendo todo el lugar!", sollozó mi madre. "Estoy segura de que ya encontraron el tesoro. ¿Qué más podrían estar buscando?"

Saqué el paquete de papeles del bolsillo de mi chaleco. Lo abrí con cuidado y, bajo la luz de la luna, ¡pude ver que era el mapa de un tesoro!

"Esto debe ser lo que están buscando", le dije a mi madre. "Alguien marcó una isla en este mapa para mostrar en dónde está enterrado el tesoro. ¡Apuesto a que hay mucho más dinero enterrado ahí que el que estaba guardado en ese cofre!"

"Jim, debes llevarle ese mapa al doctor Livesey", dijo mi madre. "Él sabrá qué hacer." Mi madre y yo sabíamos que podíamos confiar en el doctor Livesey, que también era el juez del lugar.

Los piratas salieron de la posada y jamás volvimos a saber de Billy Bones. Tal vez Black Dog y los otros finalmente lo habían capturado.

Caminé un tramo corto hasta la casa del doctor Livesey, que estaba en el valle, y lo encontré afuera. Había escuchado el ruido que venía del pueblo y me preguntó qué pasaba.

"Eran unos piratas en la posada", le dije. "Ya se fueron, pero creo que estaban buscando esto."

Le mostré al doctor Livesey el mapa del tesoro y le expliqué lo que había sucedido. Su emoción creció conforme le iba contando mi historia.

"¿Sabes lo que esto significa?", dijo el doctor Livesey. "¡Somos los únicos que podemos encontrar el tesoro escondido! Si los piratas tuvieran otro mapa no habrían venido a buscar éste." Rápidamente, el doctor elaboró un plan. "Debo ir al puerto más cercano, rentar un barco y contratar una tripulación. Tú, Jim, serás el camarero de a bordo, y saldremos lo más pronto posible a buscar esta Isla del Tesoro."

¡Yo sólo tenía 16 años de edad y me emocionaba ir en busca de un tesoro! Antes de embarcarme, le ayudé a mi madre a reparar la posada. Ella contrató a otro chico para que tomara mi lugar mientras yo iba a mi aventura.

Me encontré con el doctor Livesey en el pueblo costero de Bristol, donde había rentado un buen barco llamado *Hispaniola*. También contrató a un capitán llamado Smollett y a un cojo como cocinero del barco. El nombre de este hombre era Long John Silver. Era un nombre que pronto desearía jamás haber escuchado.

Long John Silver tenía una taberna en Bristol. Un día, mientras el doctor Livesey tomaba su almuerzo ahí, Long John le contó sobre todos los años que pasó en el mar. El doctor Livesey pensó que Long John era un hombre bueno y honesto. Hasta contrató a algunos de los amigos de Long John como tripulantes de la *Hispaniola*.

Unos cuantos días antes de zarpar, vi al pirata Black Dog sentado en la taberna de Long John. Él debió haberme visto también, porque se fue rápidamente.

Le pregunté a Long John si ese hombre era Black Dog, y él fingió que no lo conocía. "Si dices que es un pirata, me aseguraré de que jamás vuelva aquí", me dijo Long John. "No quiero tener bandidos como ése en mi taberna."

Finalmente llegó el día de nuestra partida. Yo sospechaba de Long John, pero decidí no decirle nada al doctor Livesey ni al capitán Smollett acerca de mis sospechas hasta que estuviera seguro. Los miembros de la tripulación que conocían a Long John Silver parecían respetarlo más como capitán que como cocinero del barco, y esto hizo que aumentaran mis temores.

Mares calmos y vientos firmes nos dieron la bienvenida mientras nos alejábamos del puerto. Se suponía que sólo el doctor Livesey, el capitán Smollett y yo sabíamos el propósito de nuestro viaje, pero muchos tripulantes hablaban abiertamente sobre nuestra cacería del tesoro. Yo sospechaba que Black Dog le había contado a Long John que yo tenía el mapa del tesoro.

Durante nuestro primer día en el mar, descubrí a un extraño tripulante. "¡Piezas de ocho! ¡Piezas de ocho!", gritó cuando entré a la cocina, donde Long John cocinaba y servía la comida a la tripulación. El perico de Long John me estaba saludando.

"Su nombre es Capitán Flint", me dijo Long John. "Ha navegado conmigo durante 20 años. Conoce más del mar que cualquiera de la tripulación de este barco." Más tarde me enteraría de que el perico también servía a Long John como vigía.

Unas cuantas noches después, yo no podía dormir y decidí subir a cubierta. Me topé con un enorme barril que tenía unas cuantas manzanas en el fondo y me metí en él para tomar una. De repente, escuché el golpeteo de la muleta de Long John en la cubierta de madera. Se dirigía hacia mí, cojeando con su única pierna.

Conforme Long John y sus amigos se acercaban, pude reconocer las voces de otros hombres. Me escondí más adentro del barril para que no pudieran verme.

"¿Cuándo lo haremos?", dijo uno de los hombres. "Ya no soporto que el capitán Smollett me dé órdenes. ¡Deberíamos acabar con ellos ahora!"

"Grrrr, ¿y si luego no podemos encontrar el mapa del tesoro, hombre?", gruñó Long John. "Esperaremos hasta que el tesoro esté a salvo a bordo del barco para ocuparnos del capitán y de su leal tripulación." Ya no tenía ninguna duda sobre Long John Silver y sus amigos. ¡Eran unos piratas sanguinarios!

Me quedé completamente quieto hasta que estuve seguro de que los piratas ya se habían ido. Mi corazón se agitaba mientras salía del barril y corría a la cabina del doctor Livesey. Él se sobresaltó cuando lo desperté y se puso nervioso cuando le conté lo que había escuchado.

"Jim, lo primero que debemos hacer es alertar al capitán", dijo el doctor Livesey. "También debemos actuar como si no sospecháramos nada, para que no nos ataquen."

Nos escabullimos silenciosamente en la cabina del capitán Smollett y le contamos acerca de los planes de Long John. Él estuvo de acuerdo en que los piratas no debían sospechar nada.

"No estaremos seguros si se dan cuenta de que sabemos sus intenciones", dijo el capitán Smollett. "Long John trajo dieciocho hombres a bordo. Sólo podemos contar con nosotros tres y otros cuatro hombres. Así que son diecinueve contra nosotros siete."

Afortunadamente, los siguientes días pasaron en calma. Los piratas nunca sospecharon que conocíamos sus planes. Después, al sexto día de nuestro viaje, escuchamos el grito que todos habíamos esperado.

"¡Tierra a la vista!", anunció un marinero desde lo alto del mástil. Finalmente habíamos llegado a la Isla del Tesoro. El capitán decidió dejar que Long John y algunos de sus piratas bajaran a tierra en botes de remos. Mientras ellos se alejaban del barco, yo salté a uno de los botes.

"¡Jim, muchacho, es un placer tenerte a bordo!", dijo Long John con voz alegre, aunque yo sabía que estaba molesto. Le dije que me sentía demasiado emocionado como para quedarme en el barco, pero en realidad quería averiguar más acerca de los planes de los piratas.

Casi llegábamos a la playa cuando decidí que lo mejor era alejarme de estos repugnantes personajes lo más pronto posible. Me di cuenta de que no tenían ninguna razón para tenerme cerca y sí todas las razones para deshacerse de mí. En cuanto llegamos a tierra, salté del barco y corrí hacía unos árboles cercanos. Sabía que era más seguro espiarlos a distancia.

De repente, vi algo que se movía en los arbustos. Me quedé quieto. Era un hombre y temí que fuera uno de los piratas.

"¡Oye, tú! ¿Qué estás haciendo aquí?", dijo el hombre. Me di cuenta, por su ropa desgarrada y su larga barba, que era un marinero que estaba en esta isla desde hacía mucho tiempo. Le dije mi nombre y le conté el problema que enfrentaba. Pareció alterado cuando mencioné el nombre de Long John Silver.

"Mi nombre es Ben Gunn", dijo el hombre. "Alguna vez trabajé en un barco junto con Long John Silver y jamás desprecié a alguien tanto como a él. Te puedo decir que no hay nadie en alta mar que inspire más miedo en los corazones de los hombres que Long John Silver."

Ben me contó que lo habían abandonado en la isla hacía tres años porque se enteró de que el capitán del barco había enterrado una fortuna en algún sitio de la isla. El capitán pensó que Ben no viviría lo suficiente para contarlo a alguien.

Ben también me platicó de un pequeño bote que recientemente había construido. Mientras hablaba, escuchamos que algunos hombre se acercaban. Ben corrió antes de que yo pudiera preguntarle si sabía en dónde estaba enterrado el tesoro. Me escondí entre los arbustos mientras Long John y sus hombres pasaban, y pude escucharlos cantar: "¡Yo-jo-jo y una botella de ron!"

Mientras tanto en la *Hispaniola*, como me lo contaría después el doctor Livesey, el capitán Smollett observó la isla con su telescopio y descubrió un pequeño fuerte. El capitán y el doctor Livesey decidieron llenar el bote de remos más grande con comida y provisiones y dirigirse a la isla con los cuatro tripulantes leales. Pensaron que tendrían una mejor oportunidad de enfrentar a los piratas si llegaban al fuerte, especialmente si se llevaban la mayoría de los rifles y municiones.

Justo antes de que el bote llegara a la playa, los piratas que seguían a bordo de la *Hispaniola* comenzaron a disparar los cañones del barco.

"¡Remen más rápido, muchachos!", ordenó el capitán. "¡El motín ha comenzado!"

Segundos más tarde, una bala de cañón cayó a tres metros de su bote. El bote se hundió, pero ningún hombre salió herido. Llegaron a la playa, cargando algunas provisiones.

El capitán Smollett, el doctor Livesey y los tripulantes sabían que los disparos de cañón harían que Long John y los piratas corrieran hasta donde ellos estaban. Justo cuando el capitán y sus hombres estaban llegando al fuerte con la última carga de provisiones, escucharon que los piratas cargaban sus rifles entre los árboles.

"¡Rápido!", gritó el capitán Smollett, mientras los piratas les disparaban. "¡Entren al fuerte y tomen sus armas!"

Long John se había llevado algunos rifles a la playa, y ahora él y los piratas los estaban usando antes de lo planeado. Pero Long John tendría que esperar a que los piratas que aún estaban a bordo de la *Hispaniola* llegaran a la playa para darle la ventaja que necesitaba.

El capitán Smollett tomó una bandera británica de uno de los embalajes y la subió al asta. Minutos después, una lluvia de balas de cañón comenzó a caer en el fuerte.

"Capitán, seguramente están usando la bandera para apuntar hacia acá", dijo el doctor Livesey, aterrorizado. "¡Debemos arriarla!"

El capitán estaba enfurecido. "¿Dispararle a mis colores? ¡Jamás!", gritó. "¡Con esto sabrán esos infelices perros marinos que no nos rendiremos! Se quedarán sin balas de cañón dentro de poco. ¡Permanezcan todos en sus puestos!"

Los disparos de cañón de la *Hispaniola* duraron sólo unos minutos más y no lastimaron a nadie. Las balas de cañón me guiaron hacia el fuerte, y permanecí escondido el tiempo suficiente para saber que el capitán y la tripulación no estaban heridos adentro. Me alejé de los piratas hasta el muro del lado sur del fuerte. Afortunadamente, los tripulantes me reconocieron y dejaron de disparar.

El doctor Livesey se me acercó con cara de enojo y me preguntó: "¿En qué estabas pensando, Jim?" Se sorprendió de que los piratas no me hubieran lastimado.

Le expliqué todo lo mejor que pude, y el doctor pareció complacido cuando le conté acerca de Ben Gunn. Poco después de que terminara mi historia escuchamos una voz que provenía del bosque.

"¡Capitán Smollett!", gritaba Long John. "¡Tengo una oferta que creo que le interesará escuchar! ¡Permítame acercarme para platicar!"

El capitán dio su palabra de que Long John no saldría lastimado si se acercaba al fuerte solo y desarmado. Long John prometió detener el ataque si el capitán le daba el mapa del tesoro.

"¡Jamás, perro!", exclamó el capitán. "Si encuentras ese tesoro, ninguno de mis hombres estará a salvo de ti y tus repugnantes amigos."

Con eso, el capitán le ordenó a Long John que se fuera.

"Prepárense para lo peor, muchachos", dijo el capitán Smollett. "Vamos a luchar por nuestras vidas. Nos atacarán pronto. Tal vez seamos pocos, pero cada uno de nosotros tiene más valor que muchos de ellos juntos."

A mí me dieron un rifle y me encargaron que ayudara a cubrir el muro oeste del fuerte. Yo no tenía práctica usando un arma, pero me animé con las palabras del capitán. Estaba seguro de que por lo menos podría ayudarles a alejar a los piratas.

Pasó la hora más larga de mi vida antes de que escucháramos a los piratas acercarse. De repente, Long John gritó: "¡Jamás saldrán vivos de ese fuerte!"

Los disparos comenzaron a golpear inmediatamente los cuatro muros del fuerte. Había orificios para que nosotros pudiéramos disparar por ellos, pero eran pequeños y los piratas no podían darnos. Uno de ellos se subió a un árbol e hizo un disparo que hirió al capitán. Afortunadamente, la bala sólo le rozó el brazo y nuestros disparos sacaron al pirata de su sitio. Al poco tiempo, Long John se dio cuenta de que no podría tomar el fuerte con esta carga y suspendió el ataque.

Mientras el doctor Livesey atendía la herida del capitán Smollett, los dos discutían algo que parecía de importancia. Minutos después, el doctor tomó su rifle, subió por el muro norte y corrió hacia el bosque. El capitán Smollett nos dijo que el doctor iba a buscar a Ben Gunn.

El doctor Livesey sabía que Ben Gunn sería de mucha ayuda para nosotros. Conocía la isla mejor que cualquiera y odiaba a Long John. Tener a alguien más de nuestro lado seguramente ayudaría a nuestra causa.

Yo también tenía una razón para dejar el fuerte. Sabía que podría utilizar el bote de Ben para llegar hasta la *Hispaniola* y, si cortaba su ancla, el barco se acercaría a la playa, lo que nos daría acceso fácil a más provisiones. Por supuesto, tendría que capturar a los piratas que permanecían a bordo, pero de eso me preocuparía más tarde.

Salté por el muro y corrí hacia el bosque mientras nadie miraba. En una hora ya había encontrado el bote de Ben y comenzaba a remar hacia la *Hispaniola*. En ese momento ya estaba lo suficientemente oscuro como para que nadie me viera acercarme en el pequeño bote.

Al acercarme a la *Hispaniola*, lo primero que escuché fue a dos hombres que discutían. Obviamente estaban ebrios, lo que me hizo sentir mejor con respecto a mi plan. Sería más fácil capturarlos en esas condiciones.

Con un enorme cuchillo que llevaba por protección, corté la cuerda que sostenía el ancla del barco. La *Hispaniola* se empezó a acercar a la playa, pero los piratas ebrios estaban demasiado ocupados peleando como para darse cuenta de ello. Tomé la parte de la cuerda que seguía unida al barco y la usé para subir a bordo.

Llevaba unos cuantos minutos a bordo cuando la pelea se detuvo. Pensé que los piratas me habían escuchado, pero cuando me topé con ellos, estaban tirados sobre cubierta. Debieron haberse golpeado unos a otros hasta quedar inconscientes, así que rápidamente los até.

Cuando el barco encalló, regresé al fuerte. Silenciosamente subí el muro y llegué hasta la cabaña donde dormían los tripulantes. Estaba demasiado oscuro adentro y, cuando abrí la puerta, escuché un chillido que me estremeció hasta los huesos.

"¡Piezas de ocho! ¡Piezas de ocho!", gritó el perico de Long John. Los piratas habían tomado el control del fuerte y rápidamente me capturaron.

"Vaya, vaya, es el joven Jim", dijo Long John. "El capitán entregó el fuerte y el mapa del tesoro. Supongo que la seguridad de sus hombres significó más para él que el maldito tesoro."

No podía creer lo que estaba escuchando. Long John me contó cómo el capitán accedió a las demandas de los piratas. A cambio, Long John dejó que el capitán Smollett y sus hombres tomaran algunas provisiones y se alejaran del fuerte a salvo.

Mientras Long John hablaba, los piratas se me acercaron con sus espadas desenvainadas. Querían mi sangre. "¡No tocarán ni un cabello del joven Jim!", gritó Long John. "Es más valioso para nosotros vivo que muerto. El capitán y sus hombres no tratarán de emboscarnos si saben que tenemos a uno de los suyos."

Temprano, a la mañana siguiente, los piratas salieron en busca del tesoro. Uno de ellos sostenía la cuerda que yo llevaba atada a la cintura, para evitar que me escapara. Durante varias horas atravesamos bosques y subimos colinas.

"¡Por fin!", exclamó Long John, mirando el mapa del tesoro. "¡Lo logramos, muchachos! ¡Hemos encontrado el lugar!"

Los piratas comenzaron a dar brincos, gritando y cantando sus extrañas canciones de piratas. Pero su humor cambió rápidamente. Lo único que vieron fue un enorme hoyo en el suelo. Los piratas sacaron sus espadas y pistolas, pensando que Long John había dejado que el capitán se quedara con una copia del mapa. "¡Nos has traicionado, Long John! ¡Dejaste que el capitán se llevara el tesoro para poder dividirlo con él y no con nosotros!"

Cuando los piratas estaban a punto de atacarnos a Long John y a mí, unos disparos de rifle pasaron rozando nuestras cabezas. El capitán Smollett, el doctor Livesey y Ben Gunn habían estado esperando y comenzaron a disparar en cuanto se dieron cuenta de que yo estaba en problemas. Los piratas corrieron en todas direcciones, pero Long John permaneció junto a mí.

El doctor Livesey me explicó que Ben había encontrado el tesoro meses atrás y lo había escondido en una cueva. El capitán Smollett le dio a Long John el mapa del tesoro para poder tenderles una trampa a los piratas.

Pasamos todo el siguiente día llevando bolsas llenas de oro y plata de la cueva de Ben a la *Hispaniola*. También vigilamos de cerca a Long John Silver, quien trabajó tan fuerte como cualquier otro. El capitán quiso llevar a Long John de regreso a Inglaterra para que fuera juzgado por amotinamiento.

No volvimos a ver a los piratas de Long John. Aunque, antes de zarpar, dejamos algunas herramientas y provisiones para los que estaban escondidos en la isla.

Zarpamos de la Isla del Tesoro al amanecer. El capitán Smollett marcó el curso hacia la isla caribeña más cercana, donde contrataría a más hombres para que nos ayudaran en nuestro viaje de regreso a casa.

Mientras el capitán y el doctor Livesey se encontraban en el puerto, Long John se escapó de su camarote en la *Hispaniola*. Como se esperaría de él, Long John tomó el oro que pudo. El capitán dijo que no tenía caso perseguir a ese hombre, y todos estuvimos de acuerdo. Fue mejor deshacernos de él tan fácilmente.

Llegamos a Bristol de muy buen humor. Dividimos el tesoro entre la tripulación original y yo regresé a la posada del Almirante Benbow, donde mi madre me abrazó y lloró de felicidad. El viaje a la Isla del Tesoro había sido la mejor aventura de mi vida, pero estar de regreso en casa me llenaba de alegría.

El Robinson Suizo

Basado en la historia original de
JOHANN WYSS

Adaptado por Catherine McCafferty
Ilustrado por Deborah Colvin Borgo y Angela Jarecki

Me temía lo peor. Al séptimo día, el turbulento mar destruyó nuestro barco. Un viento huracanado sopló a través de sus velas desgarradas. Habíamos salido de Suiza rumbo a una colonia en Nueva Guinea, pero ahora estábamos fuera de curso. Aunque yo no podía hablar con el capitán, sabía que nos encontrábamos en grave peligro.

Me quedé dentro de la tambaleante cabina del barco con mi esposa y mis hijos. Fritz era el mayor, de quince años. Le seguía Ernest y después estaba Jack, quien tenía diez años. Franz, de casi ocho años, era el menor. Mi esposa y yo hicimos lo que pudimos para tranquilizar a nuestros hijos.

De repente sentimos un tremendo golpe que nos arrojó a la cubierta. El barco había chocado contra unas rocas y la playa aún estaba lejos. Escuché al capitán que gritaba: "¡Bajen los botes! ¡Estamos perdidos!"

Vi al último bote salvavidas salir sin nosotros. Las rocas sostenían el frente del barco con fuerza y sobre el nivel del mar. "¡Tengan valor!", le dije a mi familia. "Mañana, si el viento y las olas se calman, podremos llegar a la playa."

A la mañana siguiente, construimos una balsa con barriles de madera y tablas. Con cuidado, cada uno se metió en un barril. Turk y Juno, los dos perros del capitán, también viajaban con nosotros. No sabíamos lo que nos esperaba en tierra, tan sólo deseábamos llegar a salvo.

Al llegar a tierra, no vimos señales de la tripulación ni del capitán del barco. Pensé que tal vez se habían perdido en la tormenta. Mi familia y yo dimos gracias por haber regresado a salvo a tierra, aunque esta tierra era en verdad extraña. Después de la costa rocosa de la isla, la tierra era plana con algunas palmeras ondeantes.

Nuestra primera tarea fue construir un refugio. Hicimos una tienda con algunos troncos y las velas del barco. Los niños recogieron musgo y pasto para hacer nuestras camas. Fritz y yo juntamos los víveres del barco que el mar había arrojado a la playa. Cuando terminamos, permití a los chicos dar un paseo.

Jack no había llegado muy lejos cuando empezó a gritar: "¡Padre! ¡Padre!" Jack estaba baliloteando y tenía algo colgado de su pierna.

Al acercarme, ¡vi que mi hijo había encontrado una langosta! O quizá la langosta lo había encontrado a él. Cuando liberamos la pierna de Jack, nos dio su langosta para cenar.

Ernest trajo ostras y sal de mar, y Fritz encontró un extraño animal parecido al cerdo. Mi esposa preparó una nutritiva sopa para cenar, pero antes de empezar a comer, tuvimos que hacer unas cucharas.

"Las conchas de las ostras servirán", sugirió Ernest.

Todos nos pusimos a limpiar las conchas. Quedaron como cucharas mal hechas y nos quemamos los dedos utilizándolas. Aun así, ¡ninguna comida me había sabido tan deliciosa como ésa!

En la noche dormimos profundamente, cansados de tanta actividad en el día. A la mañana siguiente, le dije a la familia que Fritz y yo iríamos a buscar a los tripulantes. También veríamos qué otras cosas guardaba la isla para nosotros. Turk nos acompañó.

Fritz estaba emocionado por el viaje, pero no le preocupaba la tripulación. "¿Por qué debemos preocuparnos por ellos? Nos abandonaron."

"No debemos pagar un mal con otro mal", le expliqué. "Además, ellos podrían ayudarnos a construir un refugio. Y no se llevaron comida del barco... tal vez se están muriendo de hambre."

Fritz vio el lado bueno de esto. En nuestra exploración nos encontramos con algunos cocos, bebimos su dulce agua y comimos la fruta. Más adelante, nos topamos con unos árboles de calabazas. De inmediato supe que los calabaceros nos proporcionarían cucharas y tazones. Enseguida, descubrimos caña de azúcar y cortamos algunas plantas para llevarlas con nosotros.

Para Fritz, el mejor descubrimiento fue un pequeño mono huérfano. "¡Qué alegre amiguito! ¡Déjame quedarme con él, padre!", dijo.

Yo accedí y Fritz lo llamó Knips. El pequeño mono se montó primero en el hombro de Fritz y después en el lomo de Turk. Nuestra familia estaba encantada de ver al extraño jinete que regresó con nosotros. De la tripulación del barco no encontramos ni rastro. Mi familia estaba realmente sola en la isla.

Yo no quería preocupar a mi familia, pero sabía que podíamos quedarnos atrapados ahí mucho tiempo. Pensando en esto, le dije a mi esposa: "Debemos regresar al barco mientras el mar sigue calmado. Podemos traer a la vaca y los demás animales a la playa. También podemos buscar algunas herramientas y provisiones para usarlas después."

Fritz y yo fuimos en nuestra balsa al barco. Habíamos dejado nuestro hogar en Suiza y el barco estaba completamente cargado con todo lo que una nueva colonia podría necesitar. Cargamos nuestra balsa con armas, utensilios, platos y comida.

No pudimos subir a los animales en la balsa, pero los guiamos a salvo hasta la playa. Les atamos corchos y barriles para mantenerlos a flote. ¡Hicieron un ruido terrible rebuznando, mugiendo, chillando y chocando entre sí!

¡Íbamos a la mitad del camino a la playa, cuando un tiburón se dirigió hacia una de nuestras mejores ovejas! Fritz gritó y espantó al cazador con un remo.

"¡Bien hecho, Fritz!", le grité.

Fritz sonrió, pero no quitó los ojos del agua. El tiburón ya no volvió.

Una vez más, nuestra familia estaba feliz de que Fritz y yo hubiéramos regresado. Mis otros hijos también estuvieron ocupados. Ernest había descubierto huevos de tortuga. Jack había hecho collares de púas para proteger a los perros de los animales salvajes. Esa noche, en lugar de conchas y calabazas, usamos utensilios de plata y auténticos platos para cenar.

Esa noche, antes de irnos a descansar, mi esposa me pidió algo. "Ojalá que mañana pudieras hacerme el favor de empacar todo y llevarnos a vivir entre esos espléndidos árboles." Continuó hablándome sobre un fresco bosque de diez o doce árboles que ella y los niños habían descubierto. "¡No puedo describirte lo hermosos y enormes que están! ¡Es el lugar más encantador y tranquilo que jamás haya visto! Si viviéramos entre las ramas de esos espléndidos árboles, me sentiría perfectamente a salvo y feliz."

"Si tuviéramos alas o un globo, esa sería una buena idea", contesté.

"Ríete si quieres", dijo mi esposa, "pero estaríamos a salvo de los animales salvajes. Yo vi una vez en Suiza una casa así y subes escaleras para entrar en ella."

Así que estaba decidido que nos mudaríamos a los árboles. ¡Los árboles en realidad formaban un paisaje grandioso! Me agradó la idea de estar lejos de la costa y a salvo de las bestias salvajes. Decidimos que mantendríamos nuestra primera casa en las rocas como un lugar para regresar en caso de grave peligro y que construiríamos un puente para cruzar el arroyo entre nuestra primera casa y los árboles.

Ernest y Fritz me ayudaron a juntar troncos para nuestro puente. Había muchos esparcidos por la playa. Con la ayuda de nuestro burro y la vaca, pudimos colocarlos sobre el arroyo. El puente pronto quedó listo para mudarnos a los árboles.

Al día siguiente empacamos nuestras pertenencias. Los gansos y los patos protestaron con graznidos al meterlos en cajas para el viaje. La mula y la vaca iban cargadas de bolsas y bultos. Fritz y mi esposa fueron los guías de este ruidoso desfile. Jack pastoreó a las cabras, mientras Ernest guiaba a las ovejas. Franz se montó en el burro y el pequeño Knips iba sobre una cabra.

Además de darnos abrigo, pronto me di cuenta de que los enormes árboles también nos darían comida. "Parece que estos árboles son productores de una especie de higos", le dije a mi esposa.

Los chicos me escucharon y al poco rato ya estaban comiendo la fruta.

La primera noche construimos una tienda y dormimos en hamacas colgadas de las enormes raíces del árbol. Sin embargo, a la mañana siguiente construimos nuestra casa del árbol. Utilizamos su tronco como pared trasera y luego hicimos dos paredes. Las tablas sólidas del barco se convirtieron en nuestro piso. Después, con la madera que quedó, construimos una mesa y bancas.

Les dije a los chicos que necesitábamos ponerle nombre a los diferentes lugares de la isla donde habíamos estado. La bahía adonde llegamos se convirtió en Bahía Salvación. Nuestra primera casa en la playa rocosa se llamó Tendajón, por la enorme tienda que construimos ahí. Hubo muchas sugerencias para nuestra nueva casa del árbol. Finalmente todos estuvimos de acuerdo en llamarla Nido de Halcones.

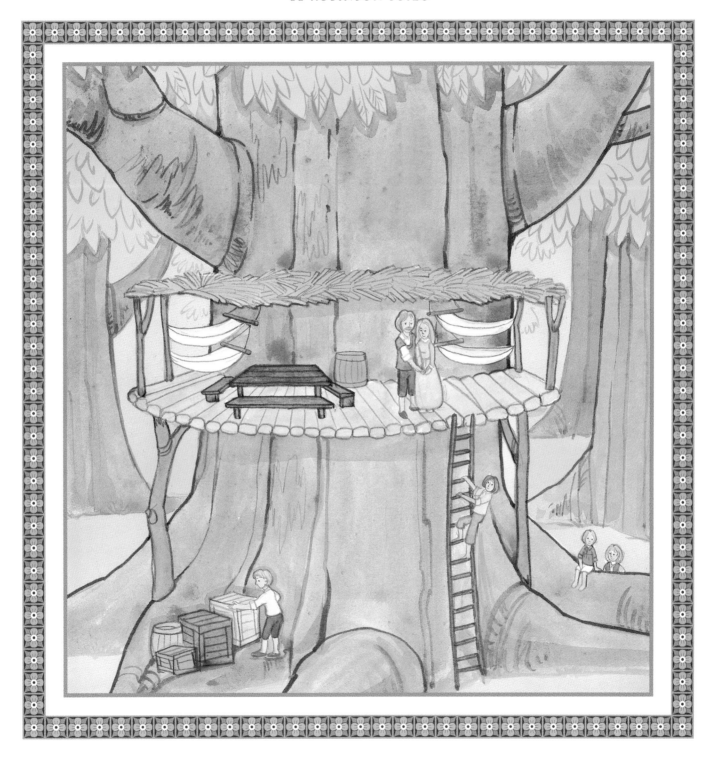

Aún quedaban muchas cosas en el lugar del naufragio. Fritz, Ernest, Franz y yo regresamos al barco. En el fondo, descubrí las piezas de un pequeño bote. Nos sería mucho más útil que nuestra balsa hecha a mano. Día tras día lo fuimos uniendo, hasta que estuvo completo, ¡pero no pudimos sacarlo del fondo el barco!

Nuestras hachas no pudieron romper las sólidas paredes del barco. Entonces pensé en un plan, pero no se lo dije a los niños. Los mandé a la balsa mientras yo me quedaba en el barco. Elaboré una pequeña carga explosiva y la encadené a una sección de la pared. Después, encendí un cerillo y me apresuré a llegar a la playa con mis hijos.

¡En cuanto llegamos a tierra escuchamos el rugido de la explosión! Y empezó a salir humo del barco. Mientras el humo se disipaba, le susurré a mi esposa que era seguro regresar al barco. ¡Para sorpresa de los niños, ahora había un hoyo en el barco que dejaría salir nuestro pequeño bote!

Cargamos el bote y nuestra balsa con las últimas cosas de valor que encontramos en el barco. Sabía que ya había llegado la hora de despedirme de él, porque temía que fuera una señal para que los piratas nos localizaran. Aseguré una mecha larga a dos barriles de pólvora y, mientras nuestro bote se acercaba a tierra, los detoné. En unos momentos el barco había desaparecido, junto con lo último que nos unía a nuestra antigua vida en Suiza.

Ahora que ya no teníamos ninguna razón para regresar al mar, mi esposa sugirió hacerle mejoras a nuestro Nido de Halcones. "Me encantaría poder llegar a nuestro nido sin tener que subir una escalera móvil. ¿Podrías hacerle una escalinata volada?"

Pensé cuidadosamente en el asunto. Podría hacerse dentro del tronco de los árboles. Más de una vez había pensado que el tronco estaba hueco.

Los chicos no podían quedarse ni un momento con la duda. ¡Golpearon y golpearon el tronco hasta que un enjambre de abejas los empezó a perseguir! Aunque el tronco estaba hueco, no pudimos escalarlo hasta haber mudado a los insectos que vivían en él.

Construí una colmena con una calabaza y paja. Luego Fritz y yo obstruimos el árbol para que las abejas no pudieran escapar. Las dormimos ahumando el interior del tronco. Cuando dejaron de zumbar, cortamos una puerta en la base del tronco y cambiamos a las abejas a su nueva colmena.

Construimos una escalera volada alrededor de un fuerte retoño que estaba en medio del tronco. Hicimos ventanas en el tronco, para dejar que entraran luz y aire a la escalera. La puerta del camarote del capitán nos sirvió de puerta principal. Como último toque, pusimos un barandal. Nos llevó todo un mes construir la escalera, pero finalmente quedamos muy complacidos con el resultado.

En cuanto terminamos la escalera, nos preparamos para la temporada de lluvias. Los truenos retumbaban mientras nos apresurábamos a construir un refugio para nuestros animales. Las primeras lloviznas caían mientras metíamos rápidamente las provisiones. El cielo se oscurecía mientras hacíamos velas con la cera de abejas. Cuando las lluvias más fuertes comenzaron, nosotros ya estábamos listos.

Sin embargo, nos encontramos con que no podíamos quedarnos entre las ramas. Teníamos que mudarnos, con nuestros animales, al interior del tronco para permanecer secos. Pasaron muchos días y largas noches. Cuando por fin terminaron las lluvias, encontramos al Nido de Halcones severamente dañado por las tormentas. El Tendajón estaba arrasado y nuestras provisiones empapadas. Teníamos que encontrar una casa mejor para la siguiente temporada de lluvias.

Llevé a los chicos de regreso a la playa rocosa. Picaríamos la roca hasta que tuviéramos por lo menos un sitio para nuestras provisiones. Después de seis días, Jack gritó: "¡Mi martillo se fue por la montaña!"

Fritz se rió, pero yo me acerqué. El martillo de Jack había hecho un hoyo en una enorme caverna de sal. ¡Habíamos encontrado nuestro nuevo hogar para la próxima temporada de lluvias!

Dividimos la caverna en sala, comedor, recámaras, cocina, taller, establo y almacén. Las ventanas del barco se ajustaron a las paredes. Pusimos la puerta del capitán del Nido de Halcones en la entrada. A nuestro nuevo hogar lo llamamos Rocoso.

Ahora que ya teníamos el Rocoso para la temporada de lluvias y el Nido de Halcones para el verano, comencé a buscar un lugar para nuestro creciente número de animales. Mientras explorábamos la isla, Franz gritó: "¡Nieve! ¡Vengan a hacer bolas de nieve!"

Sonreí y le expliqué a mi hijo que lo blanco esponjoso no era nieve, sino plantas de algodón. Las flores se podrían usar para hacer ropa o suaves almohadas y camas.

Después de un tiempo, llegamos a un bosque que rodeaba un pastizal y un arroyo. Nos proporcionaría todo lo que necesitábamos para nuestros animales. Mis hijos y yo usamos enredaderas y trepadoras para formar las paredes de la casa. Con vigas y tablas formamos tres secciones separadas: una para los animales de tierra, otra para las aves y una tercera para nosotros, en caso de tener que pasar la noche en la granja.

Satisfecho con la granja, comencé a planear una canoa. Caminé por el bosque buscando un árbol recto y grande que nos brindara una hoja de corteza para nuestros propósitos. Cuando lo encontré, Fritz y yo retiramos la corteza en una sola pieza. Le dimos forma de canoa y unimos sus dos extremos con clavijas y pegamento. Cubrimos la parte interior con piezas de madera curvada para hacer la canoa más resistente. Con cuerdas atadas a la mitad le dimos la forma redonda que deseábamos. Ahora los niños tenían una nueva canoa.

Un día descubrí que ya llevábamos casi un año en la isla. "¿Saben qué?", le dije a mi familia, "mañana es un día muy importante. Debemos festejarlo en honor a nuestra llegada a salvo a esta tierra y llamarlo Día de Gracias".

En secreto hice planes para nuestra celebración. Los chicos hicieron sus propios planes, también en secreto. ¡El Día de Gracias, mi esposa y yo despertamos con explosiones de pólvora! Salimos corriendo y buscamos a los niños. Ellos ya estaban afuera. ¡Habían decidido comenzar el Día de Gracias con un estallido!

Después les leí en voz alta el diario que había estado escribiendo. Dimos gracias por todo lo que la isla nos había dado. Luego, llegó el momento de los eventos deportivos. Organizamos competencias de tiro al blanco, tiro con arco, carreras de velocidad, escalada, cabalgata y natación. El pequeño Franz mostró cómo había entrenado a un becerro para que caminara y trotara siguiendo sus órdenes.

Cuando todo terminó, Fritz, el ganador de los eventos de tiro al blanco y natación, fue premiado con un cuchillo de cacería y un rifle. Para Ernest, campeón en las carreras de velocidad, hubo un reloj de oro. Jack recibió espuelas de plata y una fusta por ganar en escalada y cabalgata. Al pequeño Franz le dimos un par de estribos y una correa por entrenar a su becerro. Enseguida, otra explosión clausuró nuestra celebración del Día de Gracias.

Los muchachos mayores y yo continuamos explorando la isla. Un día, Fritz miró a través del pequeño catalejo que habíamos traído del barco, y de pronto gritó: "¡Veo un grupo de hombres montando a todo galope, y vienen hacia nosotros!"

Ernest y Jack miraron también, pero no supieron qué era lo que se aproximaba.

Yo observé con cuidado y les dije a mis hijos: "Son avestruces. Debemos tratar de atrapar una de esas maravillosas aves."

Las avestruces corrían tan rápido con sus largas patas que no pudimos con ellas. Sin embargo, días después, Fritz logró lazar una de las aves.

Fritz estaba muy contento por haberla atrapado, al igual que Jack.

"¡Será el corredor más rápido de nuestros establos!", exclamó Jack. "Voy a hacerle una silla de montar y una brida, y será lo único que monte."

Trabajé con Jack para domar al avestruz. Habíamos visto cómo se detuvo cuando cubrimos sus ojos al capturarla. Le hice unos tapaojos que pudieran estar abiertos o cerrados. Cuando ambos tapaojos estaban abiertos, el avestruz corría en línea recta. Cuando estaban cerrados, se detenía. Cuando se cerraba cualquiera de ellos, daba vuelta.

La idea funcionó muy bien y Jack no volvió a montar ningún otro animal desde ese día.

Habíamos pasado diez años en la isla. Ahora, Fritz era un hombre de veinticinco años y los demás chicos también se habían convertido ya en adultos. Ya eran lo suficientemente grandes como para salir a explorar por su cuenta.

Un día, Fritz regresó de una expedición con noticias sorprendentes. Su viaje lo había llevado muy lejos de las partes conocidas de la costa. Un arco en las rocas lo había guiado hasta una enorme caverna. "El agua debajo de mí era tan clara como el cristal", dijo. "Vi lechos de ostras y levanté algunas de ellas con el garfio de mi bote. Cuando las abrí, encontré perlas adentro."

Examiné lo que encontró. "¡Cielos, estas perlas son hermosas!" Sabía que si alguna vez regresábamos a la civilización, las perlas serían tan valiosas como el dinero. "¡Debemos visitar tus lechos de perlas lo más pronto posible!"

Más tarde, Fritz me llevó con él. Tenía otra razón para querer regresar a esa área. Había visto un albatros con una nota atada a una pata. "La nota decía: 'Salve a esta desafortunada inglesa.' Le quité el pañuelo al ave y le até una nueva nota: '¡No se desespere! ¡La ayuda está cerca!' Luego lancé el albatros de nuevo al aire", explicó Fritz.

Le advertí a Fritz que quizá la nota había sido escrita hacía tiempo. Sin embargo, Fritz quería asegurarse. Le di mi bendición para que fuera en busca de la posible náufraga.

Fritz partió de nuevo. Como no supimos nada de él durante cinco días, decidí que debíamos ir a buscarlo. Nos lo encontramos vestido de pirata. ¡A lo lejos, él también había pensado que nosotros éramos piratas!

Fritz nos llevó a otra isla. Anclamos nuestro bote y lo seguimos hasta la playa. Fritz se metió en un refugio de hojas y, cuando salió, ¡con él apareció una jovencita vestida con un traje de marinero inglés!

"Permítanme presentarles a Jenny Montrose", dijo Fritz. "Por favor, denle la bienvenida a nuestro círculo familiar."

¡Había pasado mucho tiempo desde la última vez que vimos a otro ser humano! La historia de Jenny era muy parecida a la nuestra. Jenny Montrose era hija de un oficial británico. Ellos navegaban en barcos separados. Una tormenta hundió el de la jovencita, pero Jenny escapó en un bote salvavidas. Sólo ella sobrevivió al naufragio.

Pronto me di cuenta de que había una gran diferencia en la historia de Jenny. Ella había vivido completamente sola en la isla, sin familiares que la ayudaran. Había construido su casa en los árboles con bambú y carrizos, hojas de palmera y barro. Su cabaña estaba llena de herramientas y trampas que Jenny había hecho sola. Ella había domesticado al albatros. Todos los días lo lanzaba al aire, deseando que alguien encontrara su mensaje.

Finalmente, Fritz lo encontró.

Jenny se unió a nuestra familia. Mientras compartíamos historias sobre nuestras islas, la temporada de lluvias de ese año llegó antes de lo esperado. Una vez más, cuando el clima mejoró, nos pusimos a limpiar y a reparar nuestras casas y la granja.

Una noche, mientras los muchachos practicaban tiro al blanco, escucharon una lluvia de disparos en respuesta a los de ellos. Fritz y yo salimos a ver lo que pasaba y descubrimos un barco anclado cerca de la playa. Fritz miró con su catalejo y exclamó: "¡Veo al capitán, padre! ¡Es inglés, sé que es inglés! ¡Mira su bandera!"

Regresamos a casa rápidamente e hicimos los arreglos para darle la bienvenida a nuestros futuros huéspedes. Al día siguiente, mi familia y Jenny navegaron hacia el barco.

El capitán Littlestone estaba sorprendido pero contento de vernos. El coronel Montrose, padre de Jenny, lo había enviado a buscar a su hija. Le dimos la bienvenida a los oficiales ingleses a nuestro hogar en la isla.

Nos felicitaron por las excelentes casas que habíamos construido. Nunca pensaron ver enrejados, jardines y balcones en la casa de un náufrago. Sacamos nuestros mejores platos y les servimos una comida tan buena como cualquiera en Inglaterra.

Entre la alegría de la celebración, mi esposa y yo sabíamos que pronto habría despedidas. ¿Quién se iría y quién se quedaría?

Mi esposa y yo hablamos en voz baja. Ella quería quedarse en la isla, siempre y cuando yo y dos de nuestros hijos también quisiéramos quedarnos. Yo sabía que Fritz deseaba regresar a Inglaterra con Jenny, y así lo anuncié, agregando: "Ernest desea quedarse con su madre y conmigo." Después, miré a mi tercer hijo. "¿Pero qué hay de Jack?"

"Jack quiere quedarse aquí", contestó.

Era el turno de Franz. "Yo quisiera ir a una buena escuela en Europa", dijo, "y sería bueno que uno de nosotros fuera a casa con la intención de quedarse ahí. Como yo soy el más joven, puedo adaptarme más fácilmente".

Levantamos nuestros vasos para hacer un brindis. "¡Larga vida y felicidad a aquellos que hicieron de la Nueva Suiza su hogar!", dijo Ernest.

"¡Éxito y felicidad a quienes regresamos a Europa!", agregó Franz.

"¡Bravo por la Nueva Suiza!", gritaron todos.

Esa noche, mi familia se reunió por última vez.

Como los demás se iban al día siguiente, le di mi diario a Fritz. Le pedí que lo publicara para que otros pudieran aprender algo de nuestra historia. Mi corazón se llenó de tristeza y alegría cuando el viento hinchó las velas del barco. Desde lejos, a través de mis hijos, saludaría a la vieja Suiza.

En nuestro hogar, en nuestra isla, ¡desearía lo mejor para la Nueva Suiza!

Los Viajes de Gulliver

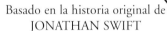

Basado en la historia original de
JONATHAN SWIFT

Adaptado por Brian Conway
Ilustrado por Karen Stormer Brooks

Gulliver era un doctor que vivía en la ciudad de Londres. Como ya estaba cansado de la bulliciosa ciudad, decidió hacer un viaje en barco. Deseaba conocer tierras lejanas para ver gente y cosas diferentes. No tenía idea de que su viaje lo llevaría a los lugares más extraños del mundo, lugares que aún no se pueden encontrar en un mapa.

Esta es la historia de la pequeña tierra de Lilliput, la primera de muchas escalas en los sorprendentes viajes de Gulliver. En el muelle, antes de que su barco zarpara, Gulliver se despidió de su esposa e hijos. Los extrañaría mucho, pero les prometió regresar con maravillosos regalos de los lugares que hubiera visitado.

"Y cuando regrese", le dijo a su hija pequeña, "tendré muchas historias fascinantes que contarte".

El barco y su tripulación zarparon para surcar los mares. El barco navegó durante semanas. Gulliver y los demás marineros ansiaban tocar tierra de nuevo. Una noche, mientras navegaban a través de las Indias Orientales, una terrible tormenta azotó su embarcación. Gulliver y sus marineros tuvieron que abandonar el barco porque se estaba hundiendo. Subieron a un pequeño bote y se lanzaron al turbulento mar. A merced de las violentas aguas, el pequeño bote giró y giró hasta que sucumbió. Las olas se tragaron a Gulliver y a sus marineros.

Gulliver despertó en una playa cubierta de hierba. No podía mover nada más que sus ojos. Gulliver sintió que algo subía por su pierna, el tip-tap le dio un poco de cosquillas. Luego sintió que se movía hacia su pecho. Gulliver movió sus ojos para ver más allá de su nariz. ¡Ahí, parado en su pecho, pudo ver lo que parecía un diminuto ser humano, más pequeño que una cuchara! Gulliver parpadeó dos veces. Cuando volvió a mirar, el hombrecito seguía ahí, mirándolo con curiosidad.

Gulliver sintió que más de estos hombrecitos subían por su pierna. Trató de levantar su cabeza, pero descubrió que estaba amarrada al suelo. Sus brazos y piernas también estaban atados al suelo. Trató de levantar un brazo, rompiendo las delgadas cuerdas que lo ataban al suelo; después se esforzó por voltear la cabeza. Vio a cientos de hombrecitos mirándolo. Algunos huyeron del enorme humano, mientras que otros disparaban flechas del tamaño de agujas al brazo que había liberado. Las flechas no lastimaron a Gulliver en lo más mínimo.

Gulliver no quería asustar a estas extrañas criaturitas. Decidió quedarse quieto hasta que se detuvieran. Pronto terminó la agitación. Gulliver escuchó a un hombrecito que le gritaba desde una plataforma cercana. La vocecita del hombre no sonaba molesta, pero tenía que gritar para que él lo oyera. El hombre hablaba un idioma que Gulliver no pudo entender.

Gulliver se quedó quieto y gentilmente asintió a todo lo que le decían los hombrecitos. Este hombre debe ser su emperador, pensó Gulliver. El emperador hablaba amablemente casi todo el tiempo y, Gulliver no hizo nada que molestara a las pequeñas criaturas. Sin embargo, levantó de nuevo su mano sólo para señalar su boca abierta. El emperador entendió que tenía hambre y ordenó que subieran una canasta tras otra de pan y carne hasta la boca de Gulliver. Las personitas dejaron caer suficiente comida como para alimentar a doscientas de sus familias.

Después, el emperador señaló a la distancia y ordenó traer un carro que habían construido quinientos diminutos carpinteros. Las personitas lo desataron y Gulliver amablemente se subió al carro. Les permitió que lo encadenaran y luego novecientos de los hombres más fuertes lo llevaron hasta su ciudad capital.

La mayoría de las construcciones de la magnífica y pequeña ciudad no le llegaba arriba de la rodilla. Las personitas llevaron a Gulliver hasta su edificio más grande, un antiguo templo, en las afueras de la ciudad. Ahí le encadenaron los tobillos. Gulliver comprendió su miedo: tenían que protegerse para no ser aplastados. En realidad, no le importaban las cadenas y se sintió honrado de estar en su templo. Aunque su edificio más grande era pequeño para él, Gulliver estaba agradecido de tener un techo sobre su cabeza. Pudo meterse a gatas y recostarse, solamente sus pies quedaron afuera.

Ahora Gulliver estaba ansioso por aprender acerca de este lugar y de su gente. Se inclinó hasta el piso e hizo todo esfuerzo posible para hablar con ellos. El emperador mandó a los hombres más sabios de sus tierras a visitar a Gulliver. Él estudió con ellos todos los días, durante varias semanas. Se enteró de que el reino se llamaba Lilliput y que las amables e inteligentes personas que vivían ahí eran conocidas como lilliputenses. Las primeras palabras que Gulliver aprendió a decir a los lilliputenses fueron: "Por favor, quítenme las cadenas."

Le dijeron que a los lilliputenses les tomaría un poco de tiempo llegar a acostumbrarse a tener un gigante en su ciudad y que Gulliver debía ser paciente. Una vez más, Gulliver fue muy comprensivo; después de todo, los lilliputenses lo alimentaban regularmente y él no tenía quejas. Pasado poco tiempo, los lilliputenses ya no le temían a Gulliver. Amablemente lo llamaron el "Hombre Montaña". Lo visitaban a menudo. Algunos eran lo suficientemente valientes como para dejar que Gulliver los pusiera en su mano. De esa manera, él podía hablar con ellos sin tener que inclinarse. Debido a que su voz sacudía los edificios y retumbaba en sus oídos, Gulliver hablaba suavemente cuando estaba con ellos. Les mostró sus monedas y su pluma, que estudiaron con gran curiosidad. Los lilliputenses se sorprendieron especialmente con el reloj de bolsillo de Gulliver. Su tic-tac era muy ruidoso para ellos, pero les intrigaba saber cómo funcionaba y qué era lo que medía.

Hasta los niños de Lilliput llegaron a querer a Gulliver. Un viaje para ver al Hombre Montaña era como un paseo a un parque de diversiones. Gulliver los levantaba en su mano y les mostraba cómo veía él la ciudad, desde el edificio más alto. Los niños danzaban utilizando la mano de Gulliver como plataforma de baile. Cuando Gulliver se acostaba para tomar una siesta, ellos jugaban a las escondidas entre sus cabellos.

Gulliver disfrutaba divirtiendo a los niños, pero se preguntaba qué podría hacer para entretener a los demás lilliputenses. Un día, el ejército de Lilliput marchó a un campo de prácticas. Con sus uniformes y en sus caballos, a Gulliver le recordaron los soldaditos de plomo con los que él jugaba de niño. Los lilliputenses estaban muy orgullosos de su ejército y Gulliver estaba fascinado con las habilidades y movimientos de los soldados, así que construyó una tarima para las prácticas del ejército. Utilizó su pañuelo para extender un fino campo de prácticas para el ejército del emperador. Levantó a los caballos y soldados y los colocó sobre su tarima. Luego puso al emperador y a su corte en su mano para que pudieran observar las maniobras del ejército desde lo alto.

A los lilliputenses les gustó mucho esto. Tanto que, de hecho, el emperador ordenó que esta práctica se realizara diariamente. Deseaba que todos vieran a su espléndido ejército y que todo el mundo admirara lo hábiles que eran para moverse y lo majestuosos que se veían.

Luego llegó el día en que Gulliver sería liberado de sus cadenas, pero primero tendría que hacer un juramento al emperador. Se paró con mucha solemnidad ante el emperador y, de buen grado, hizo todas las promesas que los lilliputenses le pidieron. El Hombre Montaña prometió tener siempre cuidado al caminar. Aceptó ser quien entregaría los mensajes más importantes del emperador, a grandes distancias en muy poco tiempo. Y ofreció ayudar al ejército lilliputense en tiempos de guerra.

A cambio, los lilliputenses le darían a Gulliver libertad para andar por su reino y aceptaron proporcionarle diariamente comida como para casi dos mil lilliputenses.

Al cabo de unas semanas, el emperador visitó a Gulliver y le dijo que los lilliputenses se estaban preparando para una batalla. Durante cientos de años, le explicó el emperador, los lilliputenses habían estado en guerra contra el único reino conocido, la nación de una isla llamada Blefuscu. Hace mucho tiempo, le dijo a Gulliver, el emperador de Lilliput y el emperador de Blefuscu tuvieron una discusión sobre qué extremo de un huevo era mejor partir primero.

El emperador de Blefuscu escogió el extremo más grande, mientras que al emperador de Lilliput le gustaba partir los huevos por el extremo más pequeño. Cada uno pensó que su estilo era el mejor, y el desacuerdo entre los dos reinos creció.

La discusión por un huevo se convirtió en una guerra sin fin, que seguía hasta esos días. El emperador de Lilliput se acababa de enterar de que el emperador de Blefuscu estaba enviando una gran flota de barcos para atacar a Lilliput. Los lilliputenses necesitaban la ayuda de Gulliver, aunque a él no le agradó la idea de luchar en una batalla. Se preguntaba por qué razón la gente peleaba una guerra sin fin por la manera correcta de partir un huevo. Aunque pensó que era algo tonto, Gulliver había hecho una promesa a sus nuevos amigos y le dijo al emperador que los ayudaría.

Los lilliputenses contaban con un excelente ejército, pero no tenían armada ni barcos de guerra. Sin embargo, como Gulliver estaba de su lado, no necesitaban nada de esto. El trabajo de Gulliver era detener los barcos de Blefuscu antes de que llegaran a tierras lilliputenses. Gulliver les pidió varios cables resistentes y un juego de barras de acero, convirtió las barras en garfios y los ató a los cables. El mar entre los dos reinos era demasiado profundo para la diminuta gente, pero Gulliver pudo caminar con facilidad por el agua en muy poco tiempo.

Gulliver se metió al mar y, al poco rato, se encontró con los barcos enemigos, que iban saliendo de las tierras de Blefuscu. Con sólo asomar del agua, Gulliver asustó terriblemente a los blefuscuenses. La mayoría de ellos se lanzó de sus barcos y nadó de regreso a tierra.

Algunos blefuscuenses valientes permanecieron en sus barcos y le dispararon flechas a su gigante enemigo. Las flechas no hirieron al Hombre Montaña de Lilliput.

Tan pronto como Gulliver colocó los garfios en sus barcos y comenzó a tirar de ellos, hasta los marineros más valerosos y fieros saltaron al agua.

Gulliver remolcó los barcos hasta la tierra de Lilliput. ¡Todos lo aclamaban conforme se acercaba a la playa jalando la flota completa de Blefuscu con una sola mano!

"¡Larga vida para el emperador de Lilliput!", exclamó Gulliver. Sin su excelente flota de barcos de guerra, la gente de Blefuscu ya no podría atacar a los lilliputenses. Los blefuscuenses enviaron un mensajero en un bote de remos para ofrecer su rendición.

A partir de ese día, la gente de Lilliput nombró a Gulliver como su mejor guerrero de todos los tiempos. Él solo acabó con largos y tristes años de batallas. Una vez en paz con los lilliputenses, la gente de Blefuscu invitó a Gulliver a visitar su isla. Gulliver, que seguía interesado en aprender más del mundo y su gente, aceptó con agrado. Estaba seguro de que mucha de su gente seguía teniéndole miedo, pero después de que lo conocieran ya no sería así. Gulliver quería conocer sus costumbres, como lo había hecho con las del reino de Lilliput.

Gulliver pasó dos lindos días en la isla de Blefuscu. Lo trataron muy bien ahí, al igual que en Lilliput. La gente de Blefuscu era muy parecida a la de Lilliput, Gulliver no podía entender por qué jamás se habían llevado bien. En su tercer día en la isla, Gulliver vio un bote vacío que se balanceaba en el mar. Le pareció bastante grande. ¡Era un bote verdadero para un hombre de su tamaño!

Gulliver se apresuró a agradecerle a los blefuscuenses sus amabilidades, y luego remó hasta Lilliput para despedirse de sus queridos amigos. El emperador le obsequió varias vacas vivas y mucha comida para el largo viaje de regreso a casa.

Después, Gulliver se alejó de la tierra de Lilliput. Al poco tiempo, vio un barco como aquel en el que había viajado antes. Remó con fuerza hasta él y le dieron la bienvenida a bordo. Le contó a la tripulación sobre su viaje a Lilliput, pero nadie creyó su historia hasta que sacó de su bolsillo el pequeño ganado que había recibido del emperador de Lilliput. Eso fue más que suficiente para convencerlos.

Pronto, Gulliver estaba de regreso en Londres, reunido con su familia. Ahí, la gente estaba dispuesta a pagar por ver a sus diminutos animales.

Más tarde, Gulliver vendió los animalitos a un circo y después se embarcó a su siguiente viaje increíble.

Luego de vender el pequeño ganado, Gulliver se hizo rico y se fue en un barco a navegar por los Mares del Sur. En este viaje, la suerte de Gulliver no fue mejor. Su barco entró en los vientos del monzón y se perdió durante días.

Cuando las aguas finalmente se calmaron, la tripulación no tenía idea de dónde se encontraban. A lo lejos vieron una playa rocosa. Gulliver se ofreció a nadar hasta ella, deseando encontrar ayuda. Escaló una colina para tener una mejor vista, pero no pudo ver nada más que un campo de pasto muy crecido. ¡Cada pasto era tan alto como tres personas! Gulliver volteó a ver a sus marineros, ¡pero ellos estaban partiendo sin él! ¡Un gigante chapoteaba en el agua y perseguía su barco!

Atrapado en otra extraña tierra, Gulliver caminó por el campo de enormes pastos, buscando algún signo de vida. Llegó hasta un maizal, donde el maíz llegaba muy por arriba de su cabeza. Entonces sintió que la tierra temblaba. Las cañas de maíz comenzaron a caer alrededor de él. ¡Un zapato, casi del tamaño de un barco de vela, por poco aplasta a Gulliver! ¡El zapato pertenecía a un granjero gigante, tan alto como doce hombres del tamaño de Gulliver! Gulliver le gritó para que no lo aplastara.

El granjero escuchó los débiles gritos de Gulliver y se detuvo para recogerlo. Con risa de sorpresa y un alegre gesto, el granjero puso a Gulliver dentro del bolsillo de su camisa.

El granjero llevó a Gulliver a casa para mostrarle a su familia lo que había encontrado. Sus estruendosas voces retumbaban en los oídos de Gulliver. No podía entender su idioma y ellos casi no podían escuchar su voz, aunque gritara.

La esposa del granjero le temía a Gulliver y los juegos de su hijo eran demasiado rudos. Pero la hija del granjero era gentil y amable con él. Ella lo puso en la mesa de la cocina con unas migajas de comida para que se alimentara. Le hizo una cama en la cuna de su muñeca y le dio ropa limpia.

La hija del granjero le hablaba suavemente a Gulliver y le enseñó muchas palabras nuevas. Gulliver aprendió sobre la tierra de los gigantes, un reino llamado Brobdingnag.

Al cabo de unos días, Gulliver podía hablar con los gigantes en su propio idioma. Después de un día de trabajo en el campo, al granjero le gustaba mirar a Gulliver mientras comía. Le divertía tanto que el granjero pensó que podría mostrar el hombrecito a sus amigos del pueblo.

Sus amigos se sorprendieron con lo que vieron. ¡El hombrecito tenía el tamaño de un muñeco, pero caminaba y hablaba como cualquier hombre! Pronto, todos en el pueblo querían ver al muñeco viviente. El granjero puso un puesto en el mercado para que la gente del pueblo le pagara por ver a Gulliver. Le dijo al hombrecito que cantara y bailara. Algunos gigantes pagaron por verlo dos veces.

Cuando todos los del pueblo habían visto la actuación de Gulliver, el granjero decidió llevarlo a la ciudad más grande en Brobdingnag, donde vivía mucha gente rica. En la ciudad, el granjero hizo que Gulliver actuara para el público diez veces al día. Gulliver estaba exhausto, pero hacía lo que le decían.

"Te veo más delgado y enfermo", le dijo el granjero. "¡Pero aún hay más gente con más dinero que no te ha visto!"

La reina de Brobdingnag pronto escuchó acerca del fascinante hombrecito y fue a ver la función. Estaba muy divertida con Gulliver porque era único, y a la reina le gustaba coleccionar cosas únicas. Después de la función, le pidió al granjero que le vendiera el hombrecito. Le ofreció una suma tan grande de dinero, que el granjero no pudo negarse.

La reina llevó a Gulliver al palacio. Ahí, le ordenó a sus sirvientes que construyeran una habitación para él. La hicieron dentro de un alhajero lleno de muebles pequeñitos, cada uno hecho a la medida de Gulliver. La reina ordenó a su sastre que confeccionara finos trajes de seda para que Gulliver los usara en las cenas.

Gulliver estaba muy cómodo en su nueva habitación del palacio. Pero el alhajero tenía una tapa y sólo se le permitía salir de él cuando la reina quería verlo. Ella lo veía por lo menos una vez al día, para cenar. Gulliver se sentaba en la mesa de la reina. Ella y su corte disfrutaban viéndolo mientras cenaban.

Gulliver estaba muy triste con su vida en el palacio. Pasaba la mayor parte del día en su habitación, con unos cuantos rayos de luz que atravesaban el alhajero por unos orificios. La música que tocaba la orquesta de la reina era demasiado ruidosa y hacía que su pequeña habitación se estremeciera. Como todos los libros del palacio eran tan grandes como una casa, Gulliver no podía leer nada.

La reina vio la tristeza en la cara del hombrecito. "Si vas a cenar conmigo", lo regañó, "debes mostrarme que te estás divirtiendo".

"Le ruego me perdone, su majestad", le dijo finalmente Gulliver. "Estoy muy contento en su palacio, pero estaría mejor si tuviera la libertad de ir de un lado a otro."

A la reina no le gustó la idea de que su pequeño tesoro se escurriera por todo el palacio como un ratón. Podrían aplastarlo y, después de todo, era demasiado valioso para ella. Sin embargo, accedió a que le pusieran una manija a su caja y ordenó a sus sirvientes que lo sacaran a pasear por el palacio todos los días. Adondequiera que iban, se acercaba gente que salía de todos los rincones del palacio para ver a la sorprendente criatura dentro del alhajero de la reina.

La reina también se enteró de que Gulliver había sido marinero e hizo que construyeran un pequeño bote de vela especialmente para él. Después de la cena, la reina y sus súbditos se reunían para ver a Gulliver practicar sus habilidades con la vela.

Un día, el rey de Brobdingnag lo mandó llamar. Gulliver fue llevado hasta la habitación del trono, donde el rey le hizo muchas preguntas acerca de la ciudad de Londres y de la pequeña gente que vivía ahí. Gulliver le contó al rey la historia de su gente, sobre los maravillosos libros que habían escrito, los cuadros que pintaban y la hermosa música que tocaban.

Gulliver tocó una melodía para el rey en un piano gigante. Para Gulliver la melodía era bella, pero las pequeñas notas no complacieron los enormes oídos del rey.

El rey se divirtió con la manera tan orgullosa en que Gulliver le habló del pequeño reino en donde nació. Para un rey de gigantes, el hogar de Gulliver solamente era un sitio diminuto e insignificante. "Sin embargo", retumbó el rey, "ustedes, la gente pequeña, son unas mascotas muy finas y educadas para tener en el palacio. Alegras mucho a la reina, y yo pienso que a muchos de mis súbditos les gustaría tener pequeñas criaturas como tú en sus casas".

El rey ordenó a un grupo de hombres que buscaran más barcos como el que había llevado a Gulliver a Brobdingnag. Les dijo que llevaran a Gulliver con ellos para que les mostrara la playa rocosa adonde había llegado. Gulliver fue en su alhajero hasta la costa. Ayudó a los hombres del rey a buscar barcos en el mar, pero no vieron ninguno. Gulliver esperaba encontrar un barco que lo alejara de Brobdingnag para siempre.

Los hombres del rey se cansaron de buscar barquitos en el inmenso océano y decidieron que mejor irían a nadar. Los gigantes dejaron a Gulliver en la playa, con su caja bien cerrada. Un águila bajó y se llevó volando la caja de Gulliver. Subió a Gulliver muy alto sobre el océano. Cuando el águila lo soltó, la caja cayó en el océano y flotó muchos días antes de que Gulliver escuchara voces en el exterior.

"¿Cómo abres esta cosa?", se escuchó una voz afuera de la caja.

"Sólo levanta la tapa", gritó Gulliver. Pensó que un gigante lo había encontrado, pero era una tripulación de marineros de su tamaño. ¡Los marineros, con mucho esfuerzo, hicieron un agujero en la caja gigante, que era tan grande como su propio barco!

Gulliver les contó sobre los gigantes y la corte real de Brobdingnag. ¡Los marineros pensaron que ese hombre extraño y gritón estaba loco! Pero Gulliver les mostró un anillo que la reina había dejado dentro del alhajero. ¡La gema del anillo era tan grande como la cabeza de una persona! Gulliver le dio el anillo al capitán del barco, quien se alegró de haberlo llevado de regreso a Londres.

Ya en Londres, su casa y su familia le parecieron pequeños. Gulliver se sintió como si hubiera regresado a la tierra de Lilliput. Al cabo de unos cuantos meses, Gulliver estaba listo para su siguiente viaje fantástico.

Azabache

Basado en la historia original de
ANNA SEWELL

Adaptado por Dana Richter
Ilustrado por Jon Goodell

El primer lugar que puedo recordar es una enorme y agradable pradera con un estanque cristalino y árboles frondosos. Cuando llegué ahí por primera vez me alimentaba de la leche de mi madre, ya que era demasiado pequeño como para comer pasto. Durante el día corría a su lado y por las noches me recostaba cerca de ella para calentarme.

Cuando fui suficientemente grande como para comer pasto, mi madre se iba a trabajar todo el día. Yo me quedaba en casa en la pradera con otros seis potrillos. Corría con ellos y me divertía mucho. Galopábamos juntos una y otra vez lo más rápido que podíamos. En ocasiones nuestros juegos eran un poco rudos y también nos mordíamos y pateábamos.

Un día, cuando estábamos dando patadas y mordiendo, mi madre me llamó a su lado.

"Pon atención a lo que te voy a decir", me advirtió. "Los potrillos con los que juegas son muy simpáticos pero no han aprendido buenos modales. Para tener buenos modales debes ser amable y gentil, hacer tu trabajo con gusto, levantar tus patas muy arriba cuando trotas y nunca, bajo ninguna circunstancia, morder ni patear. Como eres mi querido hijo, de buena sangre y crianza, espero que toda tu vida sigas mis palabras."

Nunca he olvidado el consejo de mi madre. Sabía que era una yegua vieja y sabia, y muy querida por su amo.

Me enseñaron a ser muy gallardo para que mi amo no me vendiera hasta que tuviera cuatro años de edad. "Los niños no deben trabajar como hombres y los potrillos no deben trabajar como caballos, hasta que son mayores", solía decir mi amo.

Cuando cumplí los cuatro años, aprendí a usar silla y arnés. Para que lo monten, un caballo debe aprender a usar una silla y una brida para llevar al humano en el lomo. Para ir con arnés, un caballo debe aprender a tirar de una carreta. Tanto si usa silla como si trae el arnés, un caballo debe dirigirse, con docilidad, adonde el humano lo desee.

Si tuviera que decir que todo este entrenamiento fue agradable, sería un mentiroso. Era horrible llevar el freno en mi boca, pero sabía que mi madre usaba uno. Cargar a un humano en mi lomo se sentía extraño, pero me acostumbré a ello. Y jamás tuve más ganas de patear que cuando usé por primera vez el arnés, pero no podía patear a un amo tan bueno.

Con el tiempo, me acostumbré a todo y pude hacer mi trabajo tan bien como mi madre.

Cuando llegó la hora, me vendieron a Squire Gordon y me fui de casa a un lugar llamado Parque Birtwick. Cuando me iba, mi amo me dijo: "Adiós, sé un buen caballo y siempre haz tu mejor esfuerzo." Yo no le pude decir adiós, así que, en lugar de eso, puse mi nariz en su mano.

El Parque Birtwick, la propiedad de Squire Gordon, era un lindo lugar. Mi caballeriza era grande, cuadrada y tenía una puerta de madera. Le llamaban la caja suelta, porque no me tenían amarrado dentro de ella. Mi caballerango, llamado John Manly, era tan amable y sabía tanto de caballos como mi amo anterior.

Una vez dentro de mi caballeriza, saludé a mi vecino. El pequeño y gordo poni respondió: "Mi nombre es Merrylegs. Yo llevo a las jovencitas en mi lomo o en ocasiones tiro del carro de nuestra ama."

En ese momento, la cabeza de un caballo asomó desde el fondo de otra caballeriza. Era una yegua color castaño con un hermoso y largo cuello. "Entonces fue por ti que me sacaron de mi caballeriza", dijo.

Yo no había sacado a Ginger de su caballeriza. La habían cambiado porque tenía el hábito de morder. A Ginger nunca le dieron razón alguna para ser amable con nadie antes de venir al Parque Birtwick. "Yo nunca tuve a nadie, ni hombre ni caballo, que fuera amable conmigo o que a mí me interesara complacer", dijo Ginger.

Ginger no había tenido un buen comienzo en la vida. La habían alejado de su madre y la habían puesto con unos potrillos que fueron malos con ella. Se le forzó a aprender a llevar silla de montar y arnés. "Nunca hubo amabilidad; sólo una voz fuerte y una mano dura", explicó Ginger.

Mi época en el Parque Birtwick estuvo llena de aventuras. Pero el suceso más sobresaliente tuvo que ver con mi ama.

Era una noche callada cuando me despertó la campana del establo, que sonaba con fuerza. Antes de darme cuenta, John Manly me sacó a todo galope hacia la casa de mi amo.

"John", dijo mi amo, "debes ir a todo galope, para salvar la vida de tu ama".

"Sí, señor", contestó John, y nos fuimos. Después de una carrera de doce kilómetros llegamos al pueblo. El reloj de la iglesia anunciaba las tres mientras nos dirigíamos hacia la puerta del doctor. John tocó la campana y la puerta dos veces. Cuando la ventana se abrió, John le gritó al doctor: "La señora Gordon está muy enferma. Mi amo cree que morirá si usted no va enseguida."

El doctor salió inmediatamente. "¿Me prestas tu caballo?", preguntó, y John accedió. En poco tiempo llegamos a casa. El doctor entró directamente en la casa y Joe Green, el nuevo caballerango, me llevó a la caballeriza. Mis patas temblaban, mi cuerpo estaba lleno de sudor y yo estaba muy acalorado.

Estoy seguro de que el pobre Joe hizo lo mejor que pudo cuando me guardó esa noche. Pero poco después de haberse ido, comencé a temblar y mi cuerpo se enfrió. Me dolían las patas y el pecho. Después de un largo rato, cuando escuché a John en la puerta, lancé un leve quejido.

Me llevó muchos días recuperarme de ese terrible resfriado, pero lo logré.

Todas las cosas buenas tienen un fin, y así sucedió tan sólo tres años después de mi llegada al Parque Birtwick. Mi ama nunca se recuperó por completo de su enfermedad y finalmente supimos que tenía que irse a un país más cálido durante dos o tres años para poder aliviarse. Se hicieron los arreglos para que ella saliera de Inglaterra.

Mi amo nos vendió a Ginger y a mí a un viejo amigo del Parque Earlshall. Merrylegs fue regalado al vicario y mandaron a Joe a cuidarlo. John decidió que trataría de arreglarse con un entrenador de caballos de primer nivel.

El Parque Earlshall era un lindo lugar. Ginger y yo vivíamos en caballerizas contiguas y nos cuidaban muy bien. El señor York era nuestro nuevo cochero, amigable y gentil. Nuestro trabajo en el Parque Earlshall era jalar el carruaje de la señora.

Habría sido un buen trabajo si no fuera por el engallador. Verán, mi ama cuidaba mucho las apariencias, y se decía que usar el engallador en caballos de carruajes estaba de moda.

El engallador era un aparato que mantenía la cabeza del caballo erguida para que luciera elegante y majestuoso. El problema era que una vez que tu cabeza estaba levantada, ya no podías volver a bajarla. Esto hacía que la embocadura me cortara, los músculos del cuello me dolieran y me fuera difícil respirar; además de que no podía usar el peso de mi cuerpo para ayudar a jalar el carruaje.

Mi carrera como caballo de carruaje en Earlshall terminó cuando me lastimé las rodillas. Esto sucedió a principios de abril. Reuben Smith, un caballerango, me iba a conducir a casa desde el pueblo pero, en vez de esto, me llevó a un lugar llamado White Lion.

Mientras yo estaba esperándolo, el caballerango de White Lion notó que una de mis herraduras delanteras estaba floja. Cuando Smith llegó, el chico le contó lo de la herradura y le preguntó si quería que la arreglara. "No", dijo Smith, "estará bien".

Antes de salir del pueblo, Smith me hizo galopar lastimándome con sus latigazos. Estaba muy oscuro y los caminos eran pedregosos, pero yo seguí adelante. Al poco rato, el paso y las piedras filosas me sacaron la herradura. Pero Smith siguió adelante con su látigo, llevándome a un paso violento.

Mi pata sin herradura me dolía intensamente, mi pezuña estaba partida y separada, y su interior cortado por las filosas piedras. Finalmente, me tropecé y caí de rodillas.

Cuando el herrador examinó mis heridas el día siguiente, su dictamen fue bueno. A mis rodillas les quedarían cicatrices pero mis articulaciones estaban bien y yo podría seguir trabajando.

"Trescientas libras desperdiciadas que ya no sirven para nada", dijo mi amo. "Debemos venderlo. No puedo tener rodillas como éstas en mi caballeriza."

Mi cochero trató de encontrarme un hogar donde me cuidaran lo suficiente. El conde había dicho: "Debes ser más exigente con el lugar que con el dinero." Me colocaron en una pensión donde me alimentaban y cuidaban muy bien.

En esta pensión de caballos rentaban cabalgaduras y carruajes de diferentes tipos. Antes, siempre me había conducido gente que sabía cómo hacerlo, pero en este lugar experimentaría con todo tipo de malos conductores.

Primero estaban los conductores de riendas tensas. Eran hombres que pensaban que todo dependía de sujetar las riendas lo más tensas posible y jamás aflojar el tiro de la boca del caballo, ni permitir ninguna libertad de movimiento.

Luego, estaban los conductores de rienda suelta. Estos hombres dejaban caer las riendas sobre nuestros lomos mientras descansaban sus manos sobre sus rodillas. Por supuesto, no tenían ningún control sobre un caballo y, si sucedía cualquier cosa, no podían hacer nada para ayudar a su caballo o a ellos mismos hasta que tenían la desgracia encima.

Finalmente, estaban los que llamo conductores estilo máquina de vapor. La mayoría de estos conductores era gente del pueblo que jamás había tenido un caballo y que viajaba por tren. Éstos querían que el caballo fuera como una máquina de vapor, que viajara lo más rápido posible llevando una carga tan pesada como quisieran.

Como es común en el negocio de los caballos, después me volvieron a vender. Esta vez me llevaron a un mercado de caballos. Yo me divertí viendo pasar jóvenes potrillos y pequeños ponis despeinados. Había cientos de caballos de carruaje como yo, y también animales espléndidos, excelentes y adecuados para cualquier cosa.

En el patio trasero había muchos caballos más pobres. Estos caballos estaban viejos, cansados por el trabajo y tan flacos que se les podían ver las costillas. Era como si la vida ya no pudiera darles nada más.

El hombre que me compró era bajo, robusto y de movimientos rápidos. Por la manera en que me manejó, de inmediato me di cuenta de que sí sabía de caballos. También se veía alegre y tenía una mirada amable. Creí que sería muy feliz con él.

Mi nuevo hogar estaba en Londres. Mi nuevo amo era un conductor de taxi llamado Jerry Barker. Sus caballerizas eran anticuadas, pero me mantenían muy limpio y me daban toda la comida posible. En las noches, Jerry levantaba las barras de la parte trasera de mi caballeriza y me dejaba andar por ahí. Lo mejor de todo era que descansaba los domingos.

Cuando me pusieron el arnés para mi trabajo de taxi, Jerry tuvo el cuidado de que ver que me quedara cómodo. ¡Era como si él fuera John Manly de nuevo! Y no había engallador ni nada más que una suave embocadura de freno. ¡Era una bendición!

Jamás conocí a un mejor hombre que Jerry Barker. Era amable y bueno, y gracias a él mis largas horas de trabajo se hicieron soportables. Jerry también era muy buen conductor. Era muy confiable, incluso en las cargadas calles de Londres, y jamás me dio latigazos. Otros caballos que vi en las calles no tenían tanta suerte.

Nada le molestaba más a Jerry que la gente que salía retrasada, esperando que se condujera al taxi rápido para compensar su descuido. Jerry no tomaba estos viajes.

Otros conductores de taxi tomaban cualquier viaje y golpeaban a sus caballos para que fueran lo más rápido posible.

"No, un chelín no vale ese tipo de cosas, ¿verdad, viejo amigo?", me decía Jerry.

Un día, vi un carruaje con dos caballos muy finos. No había ningún conductor, y ya llevaban mucho tiempo parados, así que los dos decidieron moverse. Antes de que hubieran dado siquiera cinco pasos, el conductor salió corriendo de una tienda y los detuvo. Luego, lleno de furia, los castigó con el látigo y las riendas.

A otros caballos viejos se les hacía trabajar en taxis sin importar su salud. "Me están desgastando", me dijo un caballo. "Me hacen trabajar sin pensar lo mucho que sufro. Pagaron por mí y debo desquitar su dinero."

Los viajes de taxi algunas veces eran tan desconsiderados como los malos conductores. Hubo un viaje que me costó mi lugar con Jerry Barker, tres años después de mi llegada.

Era invierno, y Jerry tenía una tos horrible por trabajar hasta tarde en la semana de Navidad. En Año Nuevo, tuvimos que llevar a dos caballeros a una fiesta a las nueve de la noche y recogerlos a las once. Era una noche muy fría, con fuerte viento y aguanieve, pero a las once estábamos ahí. Esperamos dos horas y cuarto, temblando de frío.

Para cuando llegamos a casa, Jerry casi no podía hablar y su tos estaba muy mal. Aun así, me frotó y hasta fue por un montón de paja extra para mi cama. A la mañana siguiente nadie vino hasta ya tarde, y el que llegó fue Harry, el hijo de Jerry. Él hizo las tareas del establo y regresó a medio día con su hermana Dolly para volver a hacerlas. Por lo que pude entender, el pobre Jerry estaba muy enfermo.

Al tercer día, Jerry comenzó a sentirse mejor y a la semana siguiente mejoró mucho más. Pero escuché que Harry decía: "El doctor dijo que si mi padre desea llegar a viejo no debe volver al trabajo del taxi."

Era un hecho que tan pronto como Jerry se recuperara lo suficiente, la familia se mudaría al campo, donde Jerry podría conseguir un trabajo tranquilo como cochero.

Me vendieron a un panadero y vendedor de cereales, pues Jerry pensó que con él yo tendría buen alimento y trabajo justo. Jerry tenía razón acerca de la comida, pero muy a menudo me obligaban a llevar cargas muy pesadas y el capataz todavía ordenaba que llevara algo más.

Y siempre tenía que usar el engallador. Esto impedía que jalara mis cargas con facilidad. Para cuando llevaba cuatro meses con el panadero, mis fuerzas estaban desapareciendo.

Un día, me pusieron más carga de lo normal y no pude subir una colina empinada. Mi conductor me estaba azotando mucho, cuando una señora se le acercó.

"Por favor, deténgase, creo que puedo ayudarlo si me lo permite", dijo persuasivamente. "Él no puede usar toda la fuerza de su cabeza con ese engallador. Si se lo quita, estoy segura de que lo hará mejor."

Me quitaron el engallador y subí la carga hasta arriba de la colina. La señora le pidió a mi conductor que no volviera a ponerme el engallador de nuevo, pero él contestó que sería el hazmerreír si lo hacía.

Sin embargo, me dejó sin el engallador en varias situaciones difíciles, y siempre me dejó usar mi cabeza para subir una colina. Pero las cargas pesadas continuaron, y al poco tiempo trajeron un caballo más joven en mi lugar. Me vendieron a una enorme compañía de taxis.

Mi nuevo amo en la compañía de taxis se llamaba Skinner. He escuchado que los hombres dicen que hay que ver para creer, pero para mí hay que sentir para creer. Verán, jamás conocí hasta ese momento la verdadera vida miserable de un caballo de taxi. El de Skinner era un mal equipo de taxis con un mal grupo de conductores. Sus hombres eran duros con los caballos, el trabajo era severo y no había domingo de descanso.

Fue en el caluroso verano cuando mi trabajo para Skinner finalmente llegó a su fin. Hicimos un viaje al ferrocarril con un grupo de cuatro personas que llevaban una gran carga de equipaje. Mientras cargaban el equipaje, una niñita del grupo se acercó y me miró.

"Papá", dijo, "estoy segura de que este pobre caballo no podrá llevarnos a todos y a nuestro equipaje, está muy débil". Pero mi conductor les aseguró que tenía la fuerza suficiente y nos fuimos.

Sin comida ni descanso desde la mañana, apenas pude llegar hasta Ludgate Hill. Fue ahí donde la pesada carga y mi cansancio fueron demasiado. Mis patas se doblaron, y me desplomé con fuerza sobre mi costado. No podía moverme y difícilmente podía respirar. Pensé que iba a morir.

Después de recuperarme, se decidió que debía tener diez días de descanso absoluto y buena comida. Entonces, me regresaron al mercado para venderme otra vez.

Doce días después del accidente, me llevaron a venderme. Al llegar, me encontré en la compañía de los caballos viejos que había visto antes en el mercado. Pero pensé que cualquier cambio de mi estado actual sería una gran mejora, así que mantuve mi cabeza erguida y esperé lo mejor.

Pobres y enfermos, muchos de los compradores lucían tan mal como los caballos que estaban comprando y vendiendo. Luego observé que un hombre, un amable granjero que llevaba a un niño, se acercaba desde la mejor parte del mercado. Cuando me vio, dijo: "Ese es un caballo que ha tenido mejores tiempos, Willie."

"Pobre amigo", dijo Willie. "¿Crees que era un caballo de carruaje?"

El hombre asintió sinceramente y le explicó que por la apariencia de mis orejas, la forma de mi cuello y la inclinación de mis hombros pude haber trabajado en cualquier cosa de joven.

"Oye, abuelo, ¿podrías comprarlo y volverlo joven otra vez, como lo hiciste con Ladybird?", le rogó el niño.

"Bendito niño", rió el hombre, "te gustan tanto los caballos como a tu viejo abuelo". Luego me revisó y pidió que me hicieran trotar. Oh, cómo traté de arquear mi cuello, levantar mi cola y estirar mis patas a pesar de su rigidez.

El señor Thoroughgood y su nieto me compraron por cinco libras ese mismo día.

Mi nuevo hogar era una enorme pradera con un cobertizo en una esquina. Me daban paja y avena todas las mañanas y noches, y me llevaban a pasear por la pradera durante el día. El joven Willie se encargó de cuidarme.

El chico estaba orgulloso de ser responsable de mí y no pasaba un día sin que viniera a visitarme. La mayoría de las veces me traía zanahorias y en ocasiones tan sólo se paraba junto a mí mientras yo comía mi avena. Me encariñé mucho con él.

Un día, el señor Thoroughgood vino con Willie y miró de cerca mis patas. "Está mejorando tanto que creo que lo veremos muy distinto en primavera", dijo. El excelente descanso, buena comida, suelo suave y un poco de ejercicio estaban haciendo maravillas en mi salud. Entonces, durante el invierno, mis patas mejoraron tanto que comencé a sentirme joven de nuevo.

Pronto llegó la primavera y, en marzo, el señor Thoroughgood y Willie me probaron con el arnés. Mis patas ya no estaban temblorosas y jalé el carruaje con mucha facilidad. "Está rejuveneciendo", dijo el señor Thoroughgood. "¡Le daremos un trabajo suave y para mediados del verano estará tan bien como Ladybird!"

"¡Ay, abuelo, qué contento estoy de que lo hayas comprado!", exclamó el chico. El señor Thoroughgood asintió y agregó que ahora debían buscarme un hogar tranquilo y decoroso donde me quisieran.

Un día, durante el verano, estuve seguro de que se aproximaba un cambio. Y Willie se veía algo emocionado y un tanto feliz cuando se subió al carruaje con su abuelo.

"Si a las señoras les gusta", dijo el señor Thoroughgood, "será muy bueno para ellas y para él también".

Pronto llegamos a una linda casita con césped y arbustos en la entrada. Cuando estuvimos cerca de la puerta salieron tres señoras. Todas me miraron e hicieron preguntas.

La señora más joven, la señorita Ellen, me tomó enseguida. "Estoy segura de que me va a gustar, tiene una linda cara", dijo. Así es que me quedé con ellas a prueba.

En la mañana, un inteligente joven fue por mí. Cuando me estaba lavando la cara, dijo: "Esa estrella es como la que tenía Azabache." Luego se acercó a la cicatriz que tenía en mi cuello, de donde me habían sangrado cuando me dio ese horrible resfriado.

En ese momento se sorprendió y comenzó a mirarme con cuidado, hablándose a sí mismo. "Estrella blanca en la frente, una pata blanca, cicatriz en el cuello..." Después, mirando el centro de mi lomo, murmuró: "Y estoy seguro de que ese mechón de pelo blanco es el que John Manly solía llamar 'moneda de tres peniques de Azabache'."

En ese momento supo que yo era Azabache, y yo que él era Joe Green. Ya había madurado, pero estaba seguro de que me recordaba. Puse mi nariz en su mano para decirle hola. ¡Jamás había visto a un hombre tan feliz!

Cuando las señoras escucharon que yo era el viejo Azabache de Squire Gordon, dijeron que le escribirían a la señora Gordon para contarle que habían dado con su caballo favorito. Una de las señoras dijo que quería tratar de conducirme. Joe Green me llevó hasta su puerta, y pronto descubrí que la señora era muy buena conductora. Después de la semana de prueba, las señoras decidieron quedarse conmigo. Yo estaba ansioso por hacerlas felices.

Ahora ya llevo un año viviendo feliz en este lugar encantador. Mi trabajo es fácil y agradable. Joe Green es el mejor caballerango y el más amable, y las señoras prometieron que jamás me venderían. Mis problemas terminaron y a menudo me siento como si estuviera en el Parque Birtwick con mis viejos amigos bajo los árboles de manzanas.

El Jardín Secreto

Basado en la historia original de
FRANCES HODGSON BURNETT

Adaptado por Michelle Rhodes
Ilustrado por Kathy Mitchell

Mary Lennox vivía en la India con sus padres. Cuando Mary nació, su madre contrató a una nana para que la cuidara. Su nana y todos los sirvientes le daban a Mary todo lo que quería para que no molestara a su madre. Al poco tiempo, se convirtió en una niña mimada y egoísta.

Un día, cuando Mary tenía nueve años, su nana no llegó a verla; en su lugar llegó otra mujer y Mary se enojó mucho. Lloró y pateó su cama y la extraña mujer se fue. Esa noche, Mary escuchó que la gente corría por todos lados, pero nadie se detuvo a verla. Ella lloró hasta quedarse dormida.

Cuando despertó a la mañana siguiente, todo estaba en silencio. Mary se sintió muy sola, pero también muy enojada porque todos se habían olvidado de ella. De repente, la puerta se abrió y dos soldados entraron en la habitación. Se sorprendieron al ver a una niña sentada ahí.

"¿Por qué no ha venido nadie?", preguntó Mary.

"Pobre niña", contestó un soldado. "¡No hay nadie que pueda venir!"

De esa manera Mary se enteró de que sus padres y todos los sirvientes habían muerto de una terrible enfermedad. Como ahí no había nadie que pudiera cuidarla, enviaron a Mary a vivir con su tío, el señor Archibald Craven, quien vivía en Inglaterra en un lugar llamado Finca Misselthwaite.

Cuando Mary llegó a Londres, la recibió el ama de llaves de su tío, la señora Medlock. Mary pensó que la señora Medlock era la mujer más desagradable que había conocido. Por supuesto, la niña no se daba cuenta de que ella misma era desagradable.

En el tren a Yorkshire, la señora Medlock le contó a Mary sobre la Finca Misselthwaite. "La casa es grande y sombría", dijo la señora Medlock. "Tiene casi cien habitaciones, pero la mayoría está cerrada con llave. No esperes ver al señor Craven, él está demasiado ocupado como para atenderte y siempre ha sido un hombre amargado, es decir, hasta que se casó. Su esposa era una mujer muy dulce y él la adoraba. Cuando ella murió…"

"¿Murió?", la interrumpió Mary.

"Sí", contestó la señora Medlock, "y eso amargó al señor Craven más que antes. Él viaja mucho, así que tendrás que divertirte tú sola".

En el carruaje, la señora Medlock le dijo: "Ya estamos llegando al páramo. En adelante sólo hay kilómetros y kilómetros de tierra donde no vive nadie más que ponis salvajes y borregos." Mary pensó que no le gustaría el páramo.

Finalmente, el carruaje se detuvo en la Finca Misselthwaite. La enorme casa estaba a oscuras, excepto por una luz muy tenue. La señora Medlock le mostró a Mary su habitación, donde la niña se quedó dormida sintiéndose más sola que nunca.

A la mañana siguiente, Mary despertó y se encontró con una joven mucama parada en su habitación. La niña observó cómo encendía la chimenea, luego se levantó y miró el oscuro cuarto. "¿Qué es eso?", preguntó señalando hacia la ventana.

Martha, la mucama, abrió la ventana y miró hacia afuera. "Es el páramo", dijo Martha. "Está cubierto con tantas cosas de suave aroma que yo no podría vivir en ningún otro lado."

Mary escuchó a Martha con expresión intrigada. "¿Tú vas a ser mi sirvienta?", le preguntó.

"Soy la sirvienta de la señora Medlock", dijo Martha con firmeza. "Ya es hora de que te levantes y tomes tu desayuno."

Mary tomó su desayuno mientras Martha le contaba sobre el páramo.

"Vístete y sal a jugar", le dijo Martha. "Mi hermano, Dickon, juega en el páramo durante horas."

Al escuchar sobre Dickon, Mary deseó salir a buscarlo. Se puso su abrigo y sus botas.

"Verás que uno de los jardines está cerrado con llave. Nadie ha entrado en él durante diez años", le contó Martha. "El señor Craven lo cerró cuando su esposa murió, porque era su jardín. Cerró la puerta y enterró la llave."

Martha bajó al recibidor y Mary salió corriendo a explorar los jardines.

Mary atravesó el portón y llegó a los jardines, llenos de prados y caminos sinuosos. Altos muros de ladrillos delimitaban cada extremo y había puertas cubiertas de hiedra que llevaban de un jardín a otro.

Mary atravesó una puerta y llegó al jardín de las hortalizas. De repente, un anciano apareció por la puerta. Le sorprendió ver a Mary y la observó con su ruda cara envejecida.

"Camina todo lo que quieras", dijo el jardinero, "pero no hay nada que ver".

Mary siguió el camino y atravesó una segunda puerta verde, que se abrió fácilmente. La niña entró a un huerto y del otro lado del muro pudo ver un petirrojo que cantaba en lo alto de un árbol. Mary buscó una puerta que llevara a ese jardín, pero no pudo encontrar ninguna y regresó a buscar al jardinero.

"No hay puerta para entrar al jardín que está del otro lado del muro", dijo Mary. "Vi a un petirrojo que estaba cantando en lo alto de los árboles ahí."

Para sorpresa de Mary, el jardinero sonrió y el petirrojo se acercó volando sobre el muro.

"Creo que quiere ser tu amigo", le dijo el jardinero a Mary. Y justo en ese momento el petirrojo regresó al jardín misterioso.

"Debe haber una puerta para entrar a ese jardín", dijo Mary.

"No existe ninguna", dijo el viejo con firmeza, "y no deberías ser tan curiosa".

Al día siguiente comenzó a llover, de modo que Mary se sentó junto al fuego con Martha.

"¿Qué haces cuando llueve así?", le preguntó Mary.

"Puedes leer", le contestó Martha. "Si la señora Medlock te permite entrar en la biblioteca, podrías leer miles de libros."

De repente, Mary tuvo una idea: decidió encontrar la biblioteca ella sola. Cuando Martha bajó las escaleras, Mary abrió la puerta de su habitación y se escabulló por un pasillo muy grande que se dividía en otros pasillos. Mary vio retratos curiosos en las paredes. Había muchas puertas, pero casi todas estaban cerradas.

Cuando Mary decidió regresar, se dio cuenta de que estaba perdida. Se quedó parada en el pasillo tratando de decidir por dónde ir, cuando de repente escuchó un ruido... ¡un llanto agudo e irritante!

Mary puso su mano sobre un tapiz que estaba cerca de ella. El tapiz se movió y reveló una puerta que llevaba a otro pasillo. Ahí vio que la señora Medlock se acercaba hacia ella.

"¿Qué haces aquí?", le preguntó la señora Medlock.

"Di vuelta en el pasillo equivocado", dijo Mary. "Escuché que alguien lloraba."

"No escuchaste nada", dijo la señora Medlock.

Dos días después, la lluvia finalmente se detuvo y Mary despertó con un hermoso cielo azul. Como era el día libre de Martha, Mary se sentía muy sola y decidió salir al jardín. En el jardín de las hortalizas, la niña vio al jardinero.

"Ya viene la primavera", dijo él. "¿Puedes olerla?"

Mary respiró y dijo: "Huelo algo dulce, fresco y húmedo."

"Esa es la tierra buena y rica", dijo el anciano mientras cavaba. "Pronto verás azucenas, amarilis y narcisos brotar del suelo."

En ese momento, Mary escuchó el suave sonido de un aleteo. ¡El petirrojo había venido a saludarla!

"Eres lo más bonito que haya visto", le dijo Mary al petirrojo. El pájaro cantaba, giraba y picoteaba el suelo mientras la niña lo seguía por los jardines. Cuando llegaron a un lecho de flores vacío, el petirrojo se detuvo y buscó un gusano dentro de la tierra que estaba recién removida.

¡Mary miró el agujero y le pareció ver algo enterrado en él! Era una especie de anillo de hierro o latón. Cuando el petirrojo voló hasta lo alto de un árbol, Mary se inclinó para recoger el misterioso objeto. ¡Era una vieja llave!

Mary se puso de pie, observó la llave por todos lados y murmuró: "¡Tal vez es la llave del jardín misterioso!"

Con la llave en la mano, Mary caminó junto al muro del jardín para encontrar la puerta entre la espesa y verde hiedra. Parece tonto, pensó Mary, estar tan cerca del jardín y no poder entrar en él.

Después de un rato, Mary se guardó la llave en el bolsillo y regresó a casa. Decidió llevar la llave siempre que saliera, para estar lista en caso de encontrar la puerta.

El día siguiente, Martha regresó de muy buen humor. Le había contado a su madre y a su hermano, Dickon, todo acerca de Mary. "Y mi madre te mandó un regalo", le dijo Martha. "Es una cuerda para saltar. Mira, déjame mostrarte cómo." Martha comenzó a saltar mientras Mary la observaba.

"Parece divertido", dijo Mary. "¿Puedo intentarlo?"

"Claro", dijo Martha, "pero ponte tu abrigo y tu sombrero para que saltes afuera".

Mary tomó sus cosas y salió corriendo por la puerta. Estaba saltando por los jardines, cuando el petirrojo vino a saludarla y siguió a Mary por todo el camino.

De pronto, el petirrojo voló a lo alto del muro cubierto de hiedra, abrió el pico y cantó con fuerza una linda melodía. En ese momento sucedió algo mágico: una ráfaga de viento atravesó el camino, levantando la hiedra y revelando una perilla. ¡Era la perilla de la puerta escondida!

Mary hizo a un lado las hojas y encontró el cerrojo. Respiró profundamente. Giró la llave, abrió la puerta y entró.

¡Se encontraba dentro del jardín secreto! Era el lugar más misterioso y agradable que alguien pudiera imaginar. Los altos muros estaban cubiertos con hojas secas de rosales trepadores. Los arbustos crecidos en exceso hacían que el jardín se viera extraño y adorable.

"¡Qué quieto está!", le susurró Mary al petirrojo. "Soy la primera persona que entra aquí en diez años." Mary saltó entre el suave pasto seco. En una glorieta, vio algo que salía de la tierra negra. ¡Eran hojas tiernas, verdes y puntiagudas!

"Éstas deben estar vivas", murmuró Mary. Ella no sabía mucho de jardinería, pero el espeso pasto café parecía cubrir las hojas verdes. Mary se arrodilló y retiró el pasto de las plantas nuevas. Después de un rato, se dio cuenta de que iba a llegar tarde para almorzar.

"Regresaré esta tarde", le dijo Mary a los árboles y a los rosales.

En casa, Mary se terminó todo su almuerzo, lo que alegró mucho a Martha. Luego le pidió a la mucama una pequeña pala para hacer su propio jardín.

"Esa es una maravillosa idea", dijo Martha. "Le pediré a Dickon que te traiga algunas herramientas de jardinería y semillas."

El sol brilló en el jardín secreto durante una semana. Una tarde, Mary paseaba por el parque, cuando escuchó un silbido peculiar. Al pasar entre los árboles, vio a un niño sentado bajo un árbol tocando una pequeña flauta de madera. En el tronco del árbol, una ardilla miraba al niño, y detrás de un arbusto un faisán estiraba el cuello para mirar. Cerca de ahí, dos conejos movían sus narices mientras veían al niño. Al poco rato, el niño dejó de tocar y los animales se escabulleron cuando Mary se acercó.

"Me llamo Dickon", dijo el niño, "y sé que tú eres Mary".

Mary no sabía nada de niños, de modo que se sintió un poco apenada. Afortunadamente, Dickon pareció no darse cuenta. Le había llevado a Mary unas herramientas de jardinería y semillas de flores.

"Te traje amapolas y consueldas", dijo Dickon. "Las amapolas crecerán con tan sólo silbarles." Dickon habló con facilidad, haciendo que a Mary se le olvidara su timidez. "Yo te ayudaré a plantarlas", continuó. "¿Dónde está tu jardín?"

Mary no respondió, porque no supo qué decir. Finalmente, tomó la manga de Dickon y le preguntó: "¿Puedes guardar un secreto?" Mary se sentía muy nerviosa. "Me robé un jardín", dijo en voz baja. "Y soy la única que lo cuida."

Los ojos curiosos de Dickon se iban abriendo cada vez más. "¿Dónde está?", preguntó.

"Te lo mostraré", dijo Mary, mientras lo tomaba de la mano.

Mary llevó a Dickon hasta la entrada cubierta de hiedra. Abrió la puerta y entró, guiando a Dickon detrás de ella.

Dickon se paró en medio del jardín secreto y giró para ver todo a su alrededor. "¡Qué lugar tan raro y hermoso!", exclamó. Dickon estudió el lugar, tocando cada rama y tallo, y cortó la madera muerta de los rosales mientras caminaba.

Mary ayudó a Dickon a encontrar nuevos retoños y él le mostró cómo usar las herramientas de jardinería. Trabajaron juntos hasta que llegó la hora del almuerzo.

En la casa, Mary acabó rápidamente su comida. Estaba a punto de salir corriendo cuando Martha la detuvo.

"Regresó el señor Craven", le dijo. "Y desea verte."

La señora Medlock entró y le ordenó a Mary que se cambiara. Después, la llevó hasta el estudio del señor Craven. Mary estaba muy nerviosa.

"¿Hay algo que desees?", le preguntó el señor Craven en voz baja.

"¿Me podría dar un poco de tierra para plantar mis semillas?", preguntó Mary.

"Claro, tómala de donde quieras", dijo el señor Craven.

Mary no pudo contener su emoción al regresar con Martha. "¡Puedo tener mi propio jardín!", gritó.

Esa nochc, Mary oyó algo que la hizo sentarse a escuchar. ¡De nuevo era el sonido de un llanto! Se puso una bata, tomó la vela que tenía en su mesa de noche y caminó por el pasillo.

Al poco rato, Mary vio una luz bajo una puerta y, aunque estaba asustada, la abrió. Ahí, acostado en una cama, estaba un niño que lloraba inconsolablemente. Mary se preguntó si acaso no estaría soñando.

Se acercó a la cama y la luz de la vela llamó la atención del niño. Dejó de llorar y miró a Mary.

"¿Quién eres?", le preguntó Mary con un susurro temeroso. "¿Eres un fantasma?"

El niño miró a Mary con sus ojos muy abiertos y contestó: "No, soy Colin Craven. ¿Tú quién eres?"

"Yo soy Mary Lennox", dijo Mary. "El señor Craven es mi tío."

"Él es mi padre", dijo Colin.

"¡Tu padre!", exclamó Mary, asombrada, y le preguntó al chico por qué nunca iba a jugar con ella.

"Odio el aire fresco y la luz del sol", dijo Colin. "Y además me canso con facilidad."

Mary sintió lástima por Colin. Le contó sobre el jardín secreto que había encontrado y pronto se hicieron amigos.

Al día siguiente, Mary le habló a Martha de su visita a Colin. Martha se alteró mucho al saber que Mary había ido a un lugar prohibido.

"Platicamos toda la noche", le explicó Mary. "Me dijo que estaba contento de que hubiera venido. Él te va a avisar cuando quiera verme."

En ese momento sonó una campana. "Debo irme", dijo Martha y salió corriendo por la puerta. Tardó diez minutos y luego regresó con una expresión de intriga.

"Colin salió de su cama y desea verte inmediatamente", dijo Martha.

Cuando Mary entró en la habitación de Colin, la chimenea estaba encendida y Colin se encontraba sentado en el sofá, mirando sus libros de ilustraciones. Los dos pasaron toda la semana juntos, mientras llovía afuera. Mary le contó a Colin sobre Dickon. "Puede encantar zorros, ardillas y pájaros en el páramo", dijo Mary. "Les toca su flauta."

"Yo no puedo ir al páramo", dijo Colin. "El doctor dice que me voy a morir."

Esto molestó mucho a Mary. "Hablemos de lo vivo", dijo ella. Así que hablaron de Dickon y de todas las cosas maravillosas que vivían y crecían en el páramo. Leyeron por turnos y se rieron de cosas tontas. A Colin le gustaba especialmente hablar acerca del jardín secreto con Mary. "Debo llevar a Colin al jardín secreto algún día", pensó la niña.

Una mañana, la lluvia se detuvo y el sol brilló a través de la ventana de Mary. La niña saltó de la cama, se vistió y salió corriendo rumbo al jardín secreto. Cuando abrió la puerta, ¡Dickon ya estaba ahí!

"No pude quedarme más tiempo en la cama", dijo Dickon. "¡Y vine corriendo hasta aquí!"

Mary y Dickon encontraron nuevas maravillas en el jardín secreto. Mary le contó a Dickon sobre Colin. "Él cree que se va a morir", le dijo.

"Si lo trajéramos aquí", propuso Dickon, "no tendría tiempo para pensar en esas tonterías".

Esa noche, Mary corrió a la habitación de Colin para contarle acerca de la primavera. Sin embargo, inmediatamente se dio cuenta de que estaba muy enojado.

Colin se enojó aún más cuando Mary le dijo que había salido con Dickon. "¡Ese niño no puede venir aquí si vas a jugar con él en lugar de conmigo!", gritó. "Yo te necesito. ¡Me voy a morir!"

"¡Esas son tonterías!", le dijo Mary. "Tú no te vas a morir."

Cuando Colin oyó esto, se calmó un poco. Escuchó a Mary decirle que si saliera, se sentiría mucho mejor. Colin parecía tranquilo y le dio su mano a Mary. Ella se sentó junto a su cama y le platicó cómo estaba floreciendo el jardín secreto. Al poco tiempo, Colin se había dormido.

A la mañana siguiente, Mary y su primo Colin estaban desayunando cuando escucharon graznidos. Dickon había venido a ver a Colin y trajo un cuervo, dos ardillas, un cordero y un zorro bebé. Dickon sonreía al ir cargando al cordero recién nacido, el zorro bebé corría a su lado, el cuervo estaba posado en su hombro y las pequeñas ardillas salían de su camisa.

Colin se sentó lentamente y observó maravillado a las criaturas. Nunca había hablado con un niño en su vida, así que no supo qué decir. Dickon colocó al cordero recién nacido en el regazo de Colin y el niño acarició su suave lana. Sus ojos estaban llenos de asombro. Cuando el cordero se quedó dormido, Colin finalmente sintió que podía hablar. ¡Tenía tantas preguntas que hacerle a Dickon!

"¿Dónde encontraste este cordero?", le preguntó.

"Lo encontré hace tres días entre los matorrales", contestó Dickon. Mientras hablaba sobre el cordero, el cuervo graznaba y entraba y salía volando por la ventana. Las ardillas exploraban las ramas afuera de la ventana y entraban con nueces de los árboles. El zorro bebé se acurrucó al lado de Dickon, que estaba sentado junto a la chimenea. Los tres platicaron emocionados sobre los animales y el jardín secreto.

Mientras Dickon describía todas las flores, Colin gritaba: "¡Voy a verlas todas! ¡Iré a verlas!"

Después de una semana de clima frío y con viento, Colin finalmente estuvo listo para ir a visitar el jardín secreto. Los sirvientes más fuertes de la casa lo pusieron en la silla de ruedas que lo esperaba afuera. Dickon empujó la silla por los jardines mientras Mary caminaba a un lado. Colin se reclinó hacia atrás y levantó su cara al cielo. Estaba embelesado con las hermosas aves y el dulce aroma de las flores.

"Se oyen demasiados cantos y zumbidos", dijo Colin. "¡Y todo huele tan delicioso!"

Cuando llegaron hasta el jardín secreto, los tres amigos comenzaron a hablar en voz baja.

"Éste es", susurró Mary. Levantó la hiedra y la echó hacia atrás. "Aquí está la puerta, y aquí está la perilla."

Colin se tapó los ojos, para no ver nada hasta estar adentro. Una vez ahí, retiró sus manos y se quedó perplejo. Miró a su alrededor manchones de colores rosa, púrpura y blanco. Escuchó el canto de los pájaros y olió la frescura de la primavera. Pero lo mejor fue que el sol cayó sobre la cara de Colin, calentando todo su cuerpo.

"Debo ponerme bien, Mary y Dickon", exclamó Colin. "¡Debo vivir para siempre!"

Después de eso, Colin pasó todos los días en el jardín.

Una noche, cuando el señor Craven estaba de viaje, soñó que se encontraba en el jardín de su esposa. El sueño era tan real que recordó el olor de las rosas e inmediatamente decidió regresar a casa.

Cuando llegó, le preguntó a la señora Medlock: "¿Cómo está Colin?"

"Si va a los jardines", le contestó, "podrá verlo usted mismo".

¡El señor Craven estaba asombrado! "¿Cómo puede estar mi hijo en los jardines?", pensó.

El señor Craven fue directamente a la puerta cubierta de hiedra, luego se detuvo y escuchó risas y carreras. ¡En ese momento, la puerta se abrió y salió un niño corriendo hacia los brazos del señor Craven!

"Padre", dijo el niño, "soy yo, Colin".

El señor Craven no podía creerlo. Su hijo estaba bien. ¡Su hijo estaba caminando! Tembló de gusto y al abrazar a Colin le dijo: "Llévame al jardín."

Colin condujo a su padre por la puerta y le dijo que quería ser atleta algún día. "¡Voy a vivir por siempre!", exclamó.

El señor Craven observó el jardín, estaba muy contento de verlo vivo otra vez. Se sentó bajo un árbol y, durante el resto del día, Mary, Dickon y Colin le contaron acerca del jardín secreto y su magia.

Alí Babá

Basado en la historia original de
LAS MIL Y UNA NOCHES

Adaptado por Rebecca Grazulis
Ilustrado por Anthony Lewis

Hace mucho tiempo, en las tierras de Persia, vivía un hombre llamado Alí Babá. Alí Babá era una persona muy trabajadora y amable, pero muy pobre. Todos los días iba al bosque a cortar madera para poder venderla en el mercado y sostener a su esposa e hijo. A pesar de sus esfuerzos, la familia de Alí Babá nunca tenía dinero suficiente para comprar lo que necesitaba.

El padre de Alí Babá le había regalado un pedazo de tierra, pero no era mucha, y la habían dividido entre Alí Babá y su hermano, Cassim. Cassim era el mercader más rico del pueblo, pero desgraciadamente también era un hombre avaro que nunca quiso compartir su fortuna con su hermano.

Un día, Alí Babá estaba ocupado cortando leña en el bosque cuando escuchó un fuerte sonido a lo lejos. Un grupo de jinetes se acercaba galopando hacia él. Sin poder creer lo que veía, y temiendo que fueran ladrones, Alí Babá buscó el sitio más cercano para esconderse. Encontró un árbol enorme junto a un muro de piedra.

Alí Babá podía escuchar el ruido de los caballos que se acercaban cada vez más, así que subió a las ramas del árbol sin mirar atrás. Alí Babá tenía miedo, pero también mucha curiosidad. En cuanto estuvo bien seguro en el árbol, se asomó para ver lo que hacían los jinetes.

Escondido entre las ramas, Alí Babá pudo ver que los jinetes se dirigían hacia el muro de piedra. Alí Babá no sabía qué pensar. Él cortaba madera en esta parte del bosque casi todos los días, pero jamás había visto nada igual.

Al poco rato, los caballos se detuvieron justo frente al muro de piedra. Alí Babá pensó que debía ser muy cuidadoso, pues cualquier sonido podría delatarlo. Conforme los hombres bajaban de sus caballos, los iba contando. ¡Eran cuarenta hombres y cada uno llevaba un saco de oro!

"Deben ser ladrones", pensó.

Uno de los cuarenta ladrones caminó al frente de los demás y se detuvo a unos cuantos pasos del muro. Era un hombre alto y fuerte, y los demás ladrones parecían respetarlo. Lo llamaban "capitán" y de inmediato guardaron silencio cuando lo vieron. El capitán miró el muro de piedra y dijo en voz baja: "¡Ábrete, sésamo!"

Para el asombro de Alí Babá, apareció una puerta en el muro y comenzó a moverse. Al poco tiempo, se abrió totalmente dejando ver una cueva. Los cuarenta ladrones tomaron sus sacos de oro y entraron a la cueva.

Alí Babá se moría de ganas de bajar del árbol para poder ver la cueva, pero sabía que debía ser cuidadoso. Se quedó tan quieto como un ratón en las ramas del árbol, por si los ladrones salían.

Al poco rato, el capitán y sus ladrones salieron de la cueva y se subieron a sus caballos. La curiosidad de Alí Babá era cada vez mayor.

En cuanto los ladrones estuvieron suficientemente lejos, Alí Babá bajó del árbol y se paró frente al muro de piedra. Era difícil creer que hacía unos minutos, cuarenta ladrones habían entrado en ella. Un poco nervioso, Alí Babá susurró las palabras mágicas: "¡Ábrete, sésamo!"

Tan rápido como un rayo, una puerta apareció milagrosamente y se abrió lo suficiente para que un hombre pudiera entrar. Alí Babá se asomó en la cueva de piedra, pero no pudo ver nada en la oscuridad. Después de unos momentos, se llenó de valor y caminó dentro de ella. Para su deleite, en lugar de una cueva tenebrosa, se encontró con una maravillosa e iluminada cámara llena hasta el techo de joyas. No podía creer su suerte. Sus días como leñador pobre habían terminado.

Rápidamente, Alí Babá tomó todos los sacos de oro que su burro pudo cargar y regresó al pueblo para mostrarle a su familia su nuevo tesoro. Se imaginó lo feliz que se pondría su esposa cuando le contara que jamás tendría que volver a preocuparse de si habría comida suficiente en su hogar o si tendrían ropa caliente. Pero mientras Alí Babá caminaba hacia el pueblo, no se dio cuenta de que su hermano Cassim lo había visto cargando el tesoro.

Cuando Alí Babá despertó a la mañana siguiente, parecía un día como cualquier otro hasta que recordó su asombroso descubrimiento. Su esposa y su hijo se habían regocijado al ver el tesoro. Alí Babá no pudo más que sonreír ante la felicidad reflejada en sus rostros.

Aún era temprano cuando Alí Babá escuchó que alguien golpeaba con fuerza su puerta. Al abrirla, se encontró con su hermano Cassim que lo miraba furioso.

"¡Es inútil que me trates de esconder algo!", afirmó Cassim.

Alí Babá estaba muy confundido. Cuando le dijo a su hermano que no le entendía, Cassim le reveló que lo había visto llevando su tesoro a casa y que quería saber dónde había encontrado tales riquezas. Con la conciencia limpia, Alí Babá le contó a su hermano toda la historia y hasta le ofreció la mitad de su tesoro, si accedía a mantener el secreto. Esto no satisfizo a un hombre tan egoísta como Cassim.

"¡Debes decirme exactamente dónde está el tesoro o te entregaré a las autoridades!", gritó. Alí Babá no tenía miedo de las amenazas de su hermano, pero era un hombre generoso y le contó a su hermano todo de buena gana. Le advirtió a Cassim que tuviera cuidado con los cuarenta ladrones, pero su hermano salió corriendo en cuanto supo la ubicación de la cueva. Alí Babá sólo deseó que Cassim no le contara a nadie más sobre el tesoro.

Como Alí Babá lo sospechaba, Cassim se puso en marcha al día siguiente para encontrar la cueva y reclamar el resto del tesoro. Se internó en el bosque, hasta que finalmente encontró el lugar que Alí Babá le había descrito y se detuvo frente al enorme muro de piedra.

Aunque Cassim había visto el tesoro de Alí Babá, aún dudaba que detrás de ese muro hubiera montones de riquezas maravillosas. Cassim repitió las palabras que su hermano le había enseñado: "¡Ábrete, sésamo!" Exactamente como sucedió con los ladrones y Alí Babá, se abrió una puerta en el muro de piedra. Cassim corrió al interior de la cueva y en unos momentos ya se encontraba rodeado de plata y oro deslumbrantes.

"¡Alí Babá tenía razón!", exclamó Cassim, sin poder contener su alegría. Su mente volaba pensando en todas las cosas que podría comprar con esas riquezas. Sin embargo, en cuanto tomó la primera moneda de oro, comenzó a escuchar un estruendo a lo lejos. Cassim trató de ignorarlo, pero el ruido se hizo cada vez más fuerte. Cuando finalmente se asomó a mirar fuera de la cueva, ¡se puso pálido al ver a los cuarenta ladrones! Alí Babá se lo advirtió, pero no lo había escuchado.

Como Cassim era un egoísta, tomó unas cuantas monedas más de oro antes de salir corriendo, sin darse cuenta de que había dejado caer una moneda de oro fuera de la cueva al escapar por el bosque.

A lo largo de varios días, Alí Babá y su familia disfrutaron comprando todas las cosas que habían necesitado durante tanto tiempo. Parecía que todo su sufrimiento había terminado. Hasta el avaro Cassim ya no los molestaba: se había asustado tanto con los cuarenta ladrones que no intentó tomar más tesoros de la cueva. Sin embargo, la buena suerte de Alí Babá no duraría mucho tiempo.

Un día, el capitán y los otros treinta y nueve ladrones galopaban a través del bosque rumbo a su cueva para dejar más tesoros. Llegaron al muro de piedra, bajaron de sus caballos y, cuando estaba a punto de decir las palabras mágicas, algo brillante atrajo la atención del capitán. Se inclinó y recogió el brillante objeto de oro. ¡Era precisamente la moneda que Cassim había dejado caer durante su escape!

En cuanto el capitán descubrió que la moneda era parte de sus tesoros, se enfureció y exigió que le dijeran cuál de sus ladrones había sido tan descuidado.

"¿A quién se le cayó esta moneda de oro y puso en riesgo el secreto de nuestro escondite?" Los treinta y nueve ladrones negaron haber tirado la moneda. El capitán sabía que necesitaba hacer algo. "Tenemos que averiguar quién es el culpable", dijo.

De modo que rápidamente envió a uno de los ladrones al pueblo para descubrir el misterio.

Con su nueva fortuna, Alí Babá no sólo compró cosas nuevas para su familia, sino que también abrió la tienda que siempre había deseado. Era un comerciante muy generoso y toda la gente del pueblo quería comprar su mercancía.

En poco tiempo, Alí Babá estaba tan ocupado con todos sus nuevos clientes que tuvo que contratar a un asistente. Morgiana, una bella y leal jovencita, se quedó con el trabajo. Todos los días, llegaba temprano y se quedaba hasta muy tarde para asegurarse de que la tienda de Alí Babá estuviera bien atendida.

Como Alí Babá se había hecho rico súbitamente, los cuarenta ladrones sospecharon de él. Pensaron que él era quien había descubierto su escondite secreto del tesoro. ¡Quizás hasta era a quien se le había caído la moneda de oro fuera de la cueva!

Para saber si sus sospechas eran correctas, una tarde, un ladrón se disfrazó y fue a la tienda de Alí Babá. Trató de averiguar todo lo que pudo sobre Alí Babá haciéndole muchas preguntas a Morgiana. Ella fue honesta con el ladrón, pero comenzó a sentir desconfianza. Él jamás la miró a los ojos y no se portó muy amable.

En cuanto el ladrón terminó de hablar con Morgiana, regresó corriendo al bosque para ver al capitán. "¡Lo he encontrado!", le dijo. "Su nombre es Alí Babá y tiene una tienda en el pueblo."

Ahora que el capitán sabía el nombre de Alí Babá, debía poner su plan en acción. Le ordenó a uno de los cuarenta ladrones que fuera al pueblo ese mismo día y que marcara la puerta de la casa de Alí Babá con una X de gis blanco.

El capitán y sus ladrones no podían saberlo, pero la astuta Morgiana había visto al ladrón marcando la puerta de Alí Babá. El ladrón era el mismo hombre que había entrado a la tienda a preguntarle sobre Alí Baba y ella lo reconoció. ¡Ahora estaba convencida de que no tramaba nada bueno!

En cuanto el ladrón regresó corriendo al bosque, Morgiana se apresuró a volver a la tienda de Alí Babá para tomar un gis blanco. Luego, una por una, marcó todas las puertas del pueblo con una enorme X.

¡Cuando los cuarenta ladrones llegaron al pueblo buscando la casa marcada con la X, no podían creer lo que veían! El capitán se molestó mucho al descubrir que su plan para vengarse de Alí Babá había fallado.

"¡Debemos intentarlo de nuevo!", dijo. "Si el gis blanco no funcionó, la siguiente vez será rojo."

Al día siguiente, el mismo ladrón fue al pueblo a poner una enorme X con gis rojo en la puerta de Alí Babá. Una vez más, Morgiana vio al ladrón marcando la puerta de Alí Babá. Como era una persona muy noble, Morgiana marcó las puertas de todas las casas con una enorme X roja.

Cuando los ladrones llegaron al pueblo esa noche a buscar la casa con la X roja, se sorprendieron al ver que, de nuevo, todas las puertas estaban marcadas.

"¿Cómo pudo fallar mi plan *otra vez?*", gritó el capitán. Ninguno de los ladrones tenía idea de que Morgiana estaba obstaculizando la venganza del capitán... ella había sido muy cuidadosa. "¡Debo encontrar otra forma de darle una lección a Alí Babá!", pensó el capitán. "¡Haré que se arrepienta de haber descubierto mi cueva secreta del tesoro!"

El capitán se sentó a solas con su tesoro durante un largo rato hasta que se le ocurrió un plan mejor. Él mismo iría a la casa de Alí Babá disfrazado de vendedor de aceite y le pediría dormir una noche ahí. Si lograba entrar a la casa de Alí Babá, seguramente podría vengarse.

Unas noches después, completamente disfrazado como vendedor de aceite, el capitán tocó a la puerta de Alí Babá. "Disculpe señor", dijo el capitán. "¿Sería posible que mis burros y yo descansáramos aquí esta noche?"

"Claro que sí", contestó el generoso Alí Babá. "Después de acomodar a sus burros en mi patio, lo llevaré a la mejor de mis habitaciones."

Alí Babá vio que cada uno de los burros del capitán cargaba dos enormes barriles. Pensó que debían estar llenos de aceite, pero en realidad sólo uno de los dos barriles de cada burro estaba lleno de aceite. ¡El otro llevaba un ladrón adentro!

Cuando el capitán estuvo seguro de que Alí Babá dormía profundamente, se escabulló hasta el patio y susurró su plan a cada uno de los barriles, donde estaban escondidos todos los ladrones.

"Estén atentos a escuchar cuando deje caer un montón de piedritas desde mi ventana", explicó el capitán. "¡Esa será la señal para que salgan de sus barriles y nos venguemos de Alí Babá!" Luego, el capitán regresó en silencio hasta su cuarto a esperar la hora.

Desafortunadamente para los ladrones, esa misma noche se acabó el aceite de la lámpara de Morgiana mientras ella trabajaba en la cocina. Recordando el aceite del vendedor, fue al patio y cuando estaba a punto de llegar a uno de los barriles escuchó una voz que decía: "¿Ya es hora?" Inmediatamente, Morgiana entendió lo que estaba sucediendo. ¡El huésped de Alí Babá no era un vendedor de aceite! Ella sabía que él estaba ahí para hacerle daño a Alí Babá, así que debía actuar rápidamente.

Reunió un poco de paja del patio trasero de la casa y luego, cuando estaba muy cerca de los barriles, encendió una antorcha. ¡De repente, había humo y llamas por todos lados! Morgiana escuchó que los ladrones comenzaron a toser y, al poco rato, todos saltaron, aturdidos y llenos de sorpresa, fuera de sus barriles.

Enseguida, escaparon corriendo para no quemarse. Una vez más, la fiel Morgiana arruinó el malvado plan del capitán.

A media noche, el capitán arrojó un montón de piedritas desde su ventana, sin sospechar nada. Pensó que vería salir a los ladrones de sus barriles cuando escucharan caer las piedritas, pero no apareció ningún ladrón. Esperó y esperó hasta que sintió que había pasado eternidades en la ventana. "¿Dónde están todos?", se preguntaba el capitán. "¿No habrán escuchado con cuidado mis instrucciones?"

Intrigado, bajó hasta el patio, se asomó en los barriles, pero todos estaban vacíos. "¡Oh, no!", exclamó. "¡Se volvieron a burlar de mí!"

El capitán sabía que quien hubiera descubierto a los ladrones pronto lo descubriría a él. Temiendo por su seguridad, corrió hacia la puerta del jardín y regresó al bosque.

Cuando Alí Babá despertó en la mañana, preguntó por su invitado: "¿Dónde está el vendedor de aceite?"

"Él ya no es nuestro invitado, Alí Babá", contestó Morgiana. "Sólo vino aquí para hacerte daño." Y Morgiana le platicó a Alí Babá toda la historia de cómo había encontrado a los ladrones en los barriles. También le contó por qué había prendido fuego a la paja.

Cuando finalmente terminó su historia, Alí Babá la miró asombrado. "Eres una persona muy amable y noble, Morgiana", le dijo. "Mi familia siempre te lo agradecerá."

De regreso en el bosque, el capitán preguntó a los ladrones por qué se habían ido de la casa de Alí Babá.

"¡Había humo!", explicó un ladrón.

"¡Y llamas!", dijo otro.

El capitán no podía creer que alguien hubiera arruinado su plan. Sin embargo, en vez de rendirse, estaba más decidido que nunca a hacer que Alí Babá pagara por haber descubierto su tesoro. "¡Trataré de nuevo!", declaró. "¡Esta vez, nadie me detendrá!"

Después de pensarlo mucho, el capitán decidió dejar el bosque y mudarse al pueblo para poder vigilar de cerca a Alí Babá, así que se disfrazó y fue al pueblo. Mientras caminaba por las tiendas, descubrió la de Alí Babá y notó que la construcción de enfrente estaba vacía. "¡Perfecto!", pensó el capitán. "Compraré esa construcción y abriré mi propia tienda. Así podré vigilar cada movimiento de Alí Babá." Y fue exactamente lo que hizo.

En cuanto compró la construcción, comenzó a llenarla de tesoros de la cueva. Al poco tiempo abrió la tienda y todos en el pueblo estaban impresionados por las cosas tan elegantes que se vendían en esta tienda nueva. A pesar de su éxito, lo único que el capitán tenía en mente era su venganza. El pobre Alí Babá no tenía idea de que su nuevo vecino era el capitán de los ladrones.

Como Alí Babá era un hombre muy amistoso y amable, un día cruzó la calle para presentarse con el capitán, quien dijo llamarse Cogia Houssain. "Debo conocer a mi nuevo vecino", pensó Alí Babá.

Los dos hombres hablaron durante un largo rato acerca del pueblo y de sus tiendas nuevas, pero Alí Babá nunca sospechó la verdadera identidad de Cogia Houssain. Después de unos cuantos días, se convirtió en costumbre que Alí Babá fuera a la tienda del capitán a platicar o intercambiar consejos de negocios.

Pronto, se habían hecho tan amigos que Alí Babá invitó al capitán a su casa. "Me honraría que nos acompañaras a mi familia y a mí a cenar, Cogia Houssain", dijo Alí Babá.

"El placer será mío", contestó el capitán. Estaba convencido de que dentro de la casa de Alí Babá, seguramente podría vengarse.

Alí Babá hizo grandes preparativos para la cena, sin sospechar que estaba poniendo a su familia en peligro.

Cuando el capitán llegó a la casa de Alí Babá, traía una canasta llena de comida fina. Se portó muy amable y parecía ser el invitado perfecto, pero a Morgiana no la engañó tan fácilmente. En cuanto lo vio, reconoció al hombre que había amenazado a la familia de Alí Babá. ¡Incluso pudo ver que bajo su manto llevaba una daga!

Morgiana debía pensar rápidamente en algo para salvar a Alí Babá y a su familia. En cuanto todos se sentaron a la mesa, ella se vistió con velos de colores y entró al comedor. "Me encantaría bailar para ustedes", dijo.

Morgiana comenzó a bailar por todo el salón, sus velos de colores flotaban a su alrededor. Alí Babá y su hijo, así como el capitán, la miraban con deleite, ya que Morgiana era una excelente bailarina. De repente, comenzó a acercarse cada vez más al capitán hasta que estuvo bailando justo al lado de él.

El capitán se divertía tanto que no se dio cuenta de que Morgiana iba envolviendo con sus velos los dos brazos del bandido, hasta que le fue imposible moverlos más.

"Morgiana, ¿qué estás haciendo?", dijo Alí Babá. "¡Este hombre es nuestro invitado!"

Aunque Morgiana respetaba mucho a Alí Babá, no lo escuchó. Continuó sosteniendo firmemente los velos alrededor del capitán, mientras éste trataba de escapar. "Este hombre es nuestro enemigo", explicó ella. "¿Recuerdas al vendedor de aceite que nos engañó? Es él, ¡disfrazado!"

Alí Babá se impresionó cuando Morgiana señaló la daga que el capitán llevaba bajo su manto. Asombrado, el buen hombre vio cómo su hijo arrebataba rápidamente la daga del ladrón para ponerla en un lugar seguro.

En cuanto todos estuvieron fuera de peligro, Alí Babá comenzó a pensar cómo podría expresarle a Morgiana su agradecimiento. "Morgiana, ¿cómo podría agradecerte todo?", exclamó Alí Babá. "De nuevo salvaste nuestras vidas."

Aunque estaba muy conmovida por la gratitud de Alí Babá, Morgiana insistió en que no necesitaba ninguna recompensa por su lealtad. Se sentía feliz de mantener a salvo a la familia que tanto quería.

Alí Babá, inspirado por la humildad y bondad de corazón de Morgiana, tuvo una maravillosa idea. "Si quieres a nuestra familia, cásate con mi hijo", le dijo. "Me sentiría honrado de llamarte hija."

Todos se emocionaron mucho con las palabras de Alí Babá. De hecho, estaban tan emocionados que Morgiana y el hijo de Alí Babá se casaron ese mismo día en medio de un gran regocijo. Hubo buena comida y baile y todos comentaron que nunca habían visto a Morgiana tan feliz. Ella le dijo a Alí Babá que unirse a su familia había sido el mejor regalo que jamás hubiera recibido.

Al paso del tiempo, Alí Babá reveló el secreto de la cueva del tesoro a su hijo, y éste a su hijo, y toda la familia compartió las riquezas con gran generosidad de espíritu. Como era un hombre muy amable y jamás había olvidado que alguna vez había sido pobre, Alí Babá nunca fue egoísta con su fortuna y la compartió con todos los que necesitaron su ayuda.

Los Tres Mosqueteros

Basado en la historia original de
ALEXANDRE DUMAS

Adaptado por Suzanne Lieurance
Ilustrado por John Lund

Era un caluroso día de primavera en una tranquila aldea de Gascuña, Francia, donde vivía D'Artagnan, un joven de dieciocho años. Había llegado el momento de abandonar su hogar para abrirse camino por el mundo. Su padre habló con él mientras se preparaba para partir.

"No tengo nada que darte, hijo, excepto quince monedas de oro, esta carta para el capitán Treville y mi preciado caballo", le dijo.

D'Artagnan sonrió aceptando las monedas de oro y la carta, luego miró al caballo y su sonrisa se esfumó. ¡Sí, muy preciado, en realidad! No era más que un viejo jamelgo. Qué ridículo se vería D'Artagnan cuando lo montara. Sin embargo, D'Artagnan sabía que era un honor recibir ese animal, ya que alguna vez había sido el corcel más valioso de su padre.

"Treville es capitán de los mosqueteros y buen amigo mío", continuó su padre. "Llévale esta carta para ver si te puedes convertir también en mosquetero."

D'Artagnan volvió a sonreír. Su mayor deseo era unirse a los mosqueteros, los valientes soldados que cuidaban al rey Luis de Francia. Ahora, con esta carta, tal vez su sueño se hiciera realidad.

D'Artagnan se ciñó su espada, orgullosamente montó el viejo jamelgo de su padre y salió en su largo viaje rumbo a París.

D'Artagnan viajó muchos kilómetros antes de detenerse en una posada a comer. Bajó de su caballo y un hombre de cabello oscuro, con una cicatriz, se rió junto con otros dos hombres al verlo. D'Artagnan le preguntó al hombre de la cicatriz de qué se reía, pero el hombre no le contestó y le dio la espalda.

"Nadie se reirá de mi caballo, señor", le dijo D'Artagnan al hombre de la cicatriz. "¡Míreme!"

"¡Vete!", gruñó el hombre.

D'Artagnan no se fue y se abalanzó sobre el hombre, pero el encargado de la posada y otros dos lo inmovilizaron y lo golpearon en la cabeza. D'Artagnan cayó al suelo inconsciente y los hombres lo metieron en la posada.

El hombre de la cicatriz en la frente encontró la carta de D'Artagnan para Treville. "Tal vez Treville mandó a este joven a arruinar nuestro plan", pensó.

Cuando D'Artagnan volvió en sí, vio al hombre de la cicatriz hablando con una hermosa mujer llamada Milady de Winter. Ella lo llamó conde de Rochefort.

"Me voy a París", dijo el conde. "El cardenal quiere que regreses a Inglaterra para vigilar al duque de Buckingham."

D'Artagnan estaba demasiado débil como para moverse. Observó al conde subirse a su caballo y alejarse. "¡Cobarde!", gritó D'Artagnan. "¡Te encontraré en París!"

Al llegar a París, D'Artagnan encontró la mansión del capitán Treville. Había mosqueteros por todas partes. Un sirviente guió a D'Artagnan a la oficina del capitán. Treville hizo pasar a alguien y en unos momentos dos hombres entraron. Sus nombres eran Porthos y Aramis. Treville los miró.

"El cardenal me reportó que tres de mis hombres comenzaron una pelea ayer", dijo Treville. "Sus guardias tuvieron que arrestarlos. ¿Dónde está Athos?"

"Señor , puedo explicarle", dijo Porthos. "Los guardias nos atacaron, hirieron a Athos, pero luchamos bien y escapamos."

Treville sonrió. "Muy bien. Estoy orgulloso de ustedes por luchar con tanta valentía."

Otro mosquetero apareció por la puerta. Lucía extremadamente pálido. "¿Me llamaba, señor?", preguntó.

La voz de Treville se suavizó. "Sí, Athos. Les estaba diciendo a tus amigos que le prohíbo a mis mosqueteros arriesgar sus vidas innecesariamente."

De repente, Athos hizo un gesto de dolor. Los dos mosqueteros lo llevaron a la habitación contigua. Mientras un doctor cuidaba de Athos, Treville le preguntó a D'Artagnan por qué había ido a verlo.

"Quiero unirme a los mosqueteros", dijo D'Artagnan. "Traía una carta de mi padre, que es amigo suyo, pero un cobarde con una cicatriz me atacó y me la robó."

"¿Una cicatriz?", dijo Treville. "Es el conde de Rochefort, un hombre malvado."

Treville le dijo a D'Artagnan que debía entrenar como cualquier soldado. Pronto verían si tenía lo necesario para ser guardia del rey.

D'Artagnan miró por la ventana. ¡Abajo, en la calle, estaba el conde de Rochefort!

El joven corrió inmediatamente para alcanzarlo y chocó con Athos en la escalera. Esto enfureció al mosquetero.

"Nos veremos detrás del convento a medio día", dijo Athos. "Le enseñaré buenos modales, señor."

D'Artagnan aceptó y salió corriendo. Se topó con Porthos y otro soldado, que bloqueaban la puerta principal. D'Artagnan trató de escurrirse entre ellos pero se enredó con la larga capa de Porthos y éste se enfureció.

"Te veré detrás del convento a la una en punto", le dijo Porthos. "Te enseñaré buenos modales."

D'Artagnan aceptó y salió corriendo. Había perdido de vista al conde, pero vio a Aramis hablando con algunos guardias. Aramis dejó caer un pañuelo de seda y puso su pie sobre él. D'Artagnan quiso ayudarle, levantó el pañuelo y se lo dio a Aramis.

Aramis se molestó. "¡Un caballero no pisa algo a menos que trate de esconderlo!", exclamó enojado. "Te veré detrás del convento a las dos en punto."

Casi era medio día cuando D'Artagnan caminó hacia el convento para encontrarse con Athos. Cuando llegó ahí, los tres mosqueteros aparecieron detrás de una esquina. D'Artagnan se sorprendió de verlos al mismo tiempo, pero luego se enteró de que eran conocidos como los Tres Mosqueteros. Athos le había pedido a Porthos y a Aramis que fueran con él para asegurarse de que él y D'Artagnan tuvieran una pelea justa.

D'Artagnan no quería pelear con los mosqueteros, porque sabía que estaban muy bien entrenados, lo que significaba que probablemente perdería el duelo. Pero como respetaba mucho a los mosqueteros y les había dado su palabra, desenvainó su espada.

"Guarda tu espada", murmuró Porthos.

Pero era demasiado tarde. Aparecieron cuatro guardias del cardenal. "¡Están bajo arresto por violar la ley del cardenal que prohíbe los duelos!", gritó un guardia.

"Ellos son cuatro y nosotros sólo somos tres", dijo Athos. "Pero prefiero morir que enfrentar al capitán Treville de nuevo si los guardias nos arrestan."

D'Artagnan corrigió a Athos. "Nosotros somos cuatro, no tres", dijo. Entonces los cuatro nuevos amigos se abalanzaron contra los guardias. En unos cuantos minutos derrotaron a los guardias y Athos, Porthos, Aramis y D'Artagnan marcharon hombro con hombro por la calle. ¡D'Artagnan sintió que su sueño se estaba haciendo realidad!

El capitán Treville se enteró de la batalla de los mosqueteros con los guardias. Los regañó por lo que habían hecho, pero en privado los felicitó por su valentía. "Estoy seguro de que los guardias del cardenal provocaron la lucha", les dijo. "Sé que ustedes no pelearían innecesariamente."

Hasta el rey quedó complacido con lo que los cuatro hombres habían hecho, pues aunque el cardenal era su consejero, no quería que se sintiera tan poderoso. Disfrutó verlo derrotado.

Athos, Porthos, Aramis y D'Artagnan fueron invitados al palacio.

"Así que tú eres el valiente joven que peleó con tanta gallardía junto con mis mosqueteros", le dijo el rey a D'Artagnan. "Estoy seguro de que algún día también tú te convertirás en un mosquetero. Aquí tienes cuarenta monedas de oro como recompensa."

"Gracias, señor ", dijo D'Artagnan. Hizo una reverencia y luego salió del palacio junto con sus tres valientes amigos. D'Artagnan estaba en la miseria hasta antes de la recompensa el rey. Ahora, con tanto oro, se sentía rico. Primero invitó a todos sus amigos una excelente comida. Luego, contrató a un sirviente que trabajara para él. Poco después, D'Artagnan encontró un sitio donde vivir. Durante el día se entrenaba como soldado, deseando convertirse pronto en un mosquetero de verdad. En poco tiempo, las cuarenta monedas de oro se habían acabado y D'Artagnan de nuevo se encontró sin un centavo.

Un día el casero de D'Artagnan, Claude Beaufort, fue a visitarlo. Le dijo a D'Artagnan que necesitaba su ayuda. Su esposa, Constance, había sido secuestrada.

"Mi esposa trabaja para la reina", dijo Beaufort. "El duque de Buckingham, el hombre más poderoso de Inglaterra, ama a la reina. El cardenal sabe esto y teme que pueda ser peligroso para el rey, así que espía a la reina. La reina es fiel al rey y sólo siente amistad por el duque, pero nadie lo cree así. Mi esposa es la única persona en quien puede confiar. La reina está asustada porque piensa que el cardenal está decidido a arruinarla."

Beaufort le contó también a D'Artagnan que alguien se había llevado a su esposa para averiguar los secretos de la reina, y que él sospechaba de un hombre de cabello oscuro con una cicatriz en la frente.

D'Artagnan exclamó: "¡Yo conozco a ese hombre, es el conde de Rochefort!"

"Entonces, espero que rescates a mi esposa", dijo Beaufort. "A cambio, jamás tendrás que pagarme el alquiler. Y también puedo ofrecerte cincuenta monedas de oro."

D'Artagnan accedió a ayudarlo y después Beaufort se fue. Sin embargo, al poco rato, Beaufort regresó corriendo, perseguido por tres guardias del cardenal. Querían arrestarlo, y D'Artagnan no hizo nada para impedirlo.

"No te podré ayudar a ti ni a tu esposa si me meten a la cárcel", le dijo D'Artagnan. "Si trato de detener a estos guardias, me arrestarán a mí también."

El departamento de Beaufort estaba justo debajo del cuarto de D'Artagnan. El joven levantó una tabla del piso para poder ver y escuchar todo lo que pasaba abajo. Una noche, D'Artagnan escuchó ruidos que provenían del departamento. Se acercó y escuchó que la esposa de Beaufort, Constance, le suplicaba a los guardias del cardenal. Los guardias le dijeron que la habían estado esperando desde que se escapó y que se la iban a llevar de cualquier forma.

D'Artagnan tomó su espada y salió por la ventana. Tocó a la puerta del departamento y, cuando la puerta se abrió, entró en él. Momentos después, los guardias del cardenal escapaban con sus uniformes hechos jirones.

"Su esposo me contó lo que le sucedió", le explicó D'Artagnan.

"Debo regresar al palacio", dijo Constance. "La reina me necesita."

D'Artagnan siguió a Constance para asegurarse de que estuviera a salvo. Luego, ella se detuvo en una casa y llamó a la puerta. Un hombre salió y la abrazó. D'Artagnan le dijo al hombre que de inmediato le quitara el brazo de encima a Constance. No sabía que el hombre era el duque de Buckingham.

"Voy a llevar al duque a ver a la reina", dijo Constance.

D'Artagnan se disculpó con el duque y los escoltó hasta el palacio. Cuando se encontraron a salvo en su interior, D'Artagnan se fue.

El cardenal pronto dejó a Beaufort en libertad, le pidió que fuera su amigo y le dio dinero para disculparse. Beaufort regresó feliz a casa.

Más tarde, el cardenal habló con el conde de Rochefort, quien le dijo que la reina y el duque se habían visto recientemente. De hecho, la reina le dio al duque una cinta con doce diamantes... que ella había recibido hacía poco tiempo como un regalo del rey.

Esta noticia complació al cardenal. "Perfecto", dijo. "Le escribiré a Milady de Winter en Londres para pedirle que robe dos de los diamantes y me los traiga. ¡La reina caerá en la deshonra!"

Enseguida, el cardenal fue con el rey y le sugirió que organizara un baile real para que la reina pudiera usar sus diamantes nuevos. El rey pensó que era una estupenda idea. El cardenal le dijo al rey que el baile debería llevarse a cabo en diez días. Sabía que así le daría el tiempo suficiente a Milady para robar los diamantes.

"¿Qué debo hacer?", le preguntó la reina a Constance. "Le di los diamantes al duque como regalo. El cardenal debe haberse enterado y con seguridad planea deshonrarme."

"Recuperaremos los diamantes", le aseguró Constance. "Mi esposo los traerá. Ahora debe escribirle una carta al duque para que sepa que alguien irá por los diamantes."

La reina le dio a Constance la carta, luego se quitó un hermoso anillo del dedo y se lo dio. "Esto vale por lo menos mil monedas de oro", dijo la reina. "Véndelo y dale el dinero a tu esposo para que pueda pagar su viaje y traer los diamantes."

Constance corrió a su departamento. Le suplicó a su esposo: "Debes ayudarme. Entrega esta carta a una persona importante en Londres y te ganarás mil monedas de oro."

Beaufort no quería tener nada que ver con el plan de su esposa. "¿Ahora en qué estás metida?", le preguntó. "Sin duda, en algo que molestará al cardenal. Él fue bastante bueno conmigo como para dejarme ir. Pudo haberme metido en prisión de por vida por tus confabulaciones. ¡No quiero participar en esto!"

Constance estaba furiosa. "¡Olvídalo! No necesito tu ayuda", le dijo. Sabía que ya no podría confiar en su esposo. Estaba demasiado asustado y probablemente iría directamente con el cardenal a contarle sobre la carta.

Beaufort salió corriendo del departamento. Constance se sentó llena de desconsuelo, con la cabeza entre las manos. No tenía manera de entregar la carta de la reina al duque.

De repente, D'Artagnan entró. "¡Escuché todo!", le dijo. "Athos, Porthos, Aramis y yo entregaremos la carta al duque."

D'Artagnan corrió a la mansión del capitán Treville y le pidió permiso para viajar a Londres a salvar el honor de la reina.

"¿Alguien tratará de evitar que realices este viaje?", preguntó Treville.

"Sí", dijo D'Artagnan. "El cardenal haría cualquier cosa por detenerme. Por eso quiero que Athos, Porthos y Aramis vengan conmigo."

"Por supuesto", dijo Treville. "Haré que todos te acompañen."

D'Artagnan pronto reunió a sus tres amigos y todos salieron de París rumbo al puerto de Calais. Al cabo de una horas se detuvieron en una posada para comer. Un hombre de la mesa contigua levantó su tarro. "Un brindis por el cardenal", dijo el hombre.

"Y por el rey", dijo Porthos.

Esto enojó al hombre. "¡Jamás bebería a la salud del rey!", dijo.

Porthos comenzó a discutir con el hombre, pero no había tiempo para peleas. Así que D'Artagnan y los otros dos no tuvieron otra opción más que dejar a Porthos ahí. Al ir por el camino, pasaron a varios hombres que comenzaron a dispararles. Hirieron a Aramis en el hombro y se debilitó poco a poco. Después de un rato, los tres se detuvieron en otra posada. Aramis estaba demasiado débil como para continuar y Athos discutía con el posadero por cuestiones de dinero. Cuatro hombres armados se le acercaron.

"Estoy atrapado", gritó Athos. "¡Rápido, D'Artagnan! ¡Vete sin mí!"

Al cabo de unas horas, D'Artagnan llegó solo a Calais. Se dirigió al muelle para tomar un barco que lo llevara a Inglaterra. El capitán del barco empezó a hablar con alguien que le pareció familiar. El capitán le pidió al hombre el pase especial del cardenal para poder abordar el barco, éste le mostró el pase y, mientras se daba la vuelta, ¡D'Artagnan pudo ver que se trataba del conde de Rochefort!

D'Artagnan siguió al conde. "¡Dame ese pase!", gritó. Luego, se lanzó sobre él y trató de quitarle el pase. D'Artagnan derribó al conde y luchó con él durante varios minutos. El conde quedó casi inconsciente, y entonces D'Artagnan aprovechó para arrebatarle el pase y corrió. Muy poco tiempo después, D'Artagnan abordaba el barco.

A la mañana siguiente, el barco llegó a Inglaterra y D'Artagnan se dirigió a Londres. De inmediato fue a la mansión del duque de Buckingham y le dio la carta de la reina.

Una vez que el duque leyó la carta, llevó a D'Artagnan a un cuarto escondido donde guardaba la cinta con los diamantes de la reina. El duque la examinó. "¡Faltan dos diamantes!", exclamó el duque. "No lo entiendo. La única vez que usé esta cinta fue en un baile hace una semana. Milady de Winter estaba conmigo. ¡Ella debe haber robado los diamantes para el cardenal!"

El duque le preguntó cuándo se llevaría a cabo el baile real y D'Artagnan le dijo que faltaban cinco días.

"Entonces tenemos tiempo", dijo el duque, y mandó llamar a su joyero. "Necesito dos diamantes como éstos para mañana", le dijo al joyero. El joyero hizo una reverencia y se fue.

Cuando los diamantes nuevos estuvieron listos, D'Artagnan regresó a Francia. Llegó justo cuando el baile estaba a punto de comenzar. Los invitados se habían reunido en el salón de baile.

El cardenal y el rey entraron al salón juntos. El cardenal le dio al rey una caja... adentro estaban los dos diamantes.

"Si a la reina le faltan dos diamantes, señor, pregúntele quién pudo haberle robado éstos", dijo el cardenal.

La reina volvió a aparecer, usando los diamantes. El rey los contó: los doce estaban ahí.

"¿Qué significa esto?", le preguntó el rey al cardenal.

El cardenal vio a D'Artagnan, que estaba hablando con Constance Beaufort, y se dio cuenta de que se habían burlado de él. "Um, significa que deseaba obsequiarle estos dos diamantes a la reina, pero no quería dárselos yo mismo", mintió el cardenal. Después le dijo a Milady: "Debes hacer que D'Artagnan pague por arruinar mi plan."

Mientras D'Artagnan hablaba con Constance, Milady y el cardenal observaron lo mucho que él la admiraba.

"Usaremos a Constance Beaufort para hacer que D'Artagnan pague por haber arruinado mi plan y haberse burlado de nosotros", le dijo el cardenal a Milady.

Milady le dijo al cardenal que le escribiera una carta donde le permitiera hacer lo que ella necesitara, por el bien de Francia. El cardenal accedió y escribió la carta.

La reina escondió a Constance en un convento, pues sólo ahí podría estar a salvo.

Pero el cardenal tenía espías por todas partes. Sus dos espías más malvados, Milady de Winter y el conde de Rochefort, se vieron una mañana en la calle. Ninguno de los dos se dio cuenta de que el sirviente de D'Artagnan los estaba escuchando desde el puente, cuando decían que Constance estaba escondida en el convento de Bethune y que Milady iría ahí inmediatamente.

"¿Milady?", murmuró el sirviente de D'Artagnan. "Es la mujer que trató de arruinar a la reina. ¡Debo advertir a D'Artagnan!" El sirviente le contó al joven lo que había escuchado.

D'Artagnan se puso de pie de un salto y corrió a buscar a sus amigos Athos, Porthos y Aramis para poder llegar al convento antes que Milady de Winter.

Milady de Winter entró al convento y fue a ver a la madre superiora. Le dijo que llevaba un mensaje para Constance Beaufort de parte del cardenal. Sin sospechar nada, la madre superiora le mostró a Milady la habitación de Constance.

Milady de Winter le dijo a Constance que D'Artagnan iría por ella. Pero que, como tardaría en llegar, le había pedido a Milady que se quedara y cenara con Constance hasta su llegada.

Constance se emocionó al escuchar que D'Artagnan iba en camino. No se dio cuenta de que Milady era una espía del cardenal. Al poco rato les llevaron la cena a su habitación.

Constance sólo jugó con su comida. "Estoy tan emocionada de ver a D'Artagnan que no puedo probar bocado."

"Por lo menos toma una copa de vino", dijo Milady y se dio vuelta para servirle vino en una copa, a la que le puso un poco de veneno que sacó de un enorme anillo que traía puesto. Milady le dio la copa a Constance.

Cuando Constance acercaba la copa de vino a sus labios, se escuchó un gran alboroto en el pasillo. Luego, D'Artagnan y los Tres Mosqueteros entraron a la habitación.

"¡Alto!", gritó D'Artagnan.

Constance dejó caer la copa de vino al suelo.

D'Artagnan tomó la carta que Milady traía en el bolsillo y ella se echó hacia atrás, rasgando el hombro de su vestido. En su hombro tenía el tatuaje de una pequeña flor de lis. Era la marca de los criminales.

"Tiene la marca de ladrona y asesina", dijo D'Artagnan.

Los cuatro amigos llevaron a Milady de regreso a París y fueron con el cardenal. D'Artagnan le dijo que tenía su permiso para castigar a Milady por sus crímenes.

El cardenal se rió. "¿Mi permiso? ¿Qué permiso?"

D'Artagnan leyó la carta que le había quitado a Milady. "El portador de esta carta actúa bajo mis órdenes por el bien de Francia." Estaba firmada por el cardenal.

El cardenal observó a D'Artagnan por un momento. "Eres un hombre valiente, D'Artagnan. No quiero ser tu enemigo." Tomó su pluma y escribió algo en una hoja de papel, luego se la dio a D'Artagnan.

D'Artagnan miró a Athos, Porthos y Aramis. "¡Es una comisión como teniente de los mosqueteros!", dijo D'Artagnan.

Athos, Porthos, Aramis y D'Artagnan levantaron sus espadas al mismo tiempo en un saludo. "¡Vivan los Cuatro Mosqueteros! ¡Todos para uno y uno para todos!", exclamaron.

D'Artagnan era al fin mosquetero. ¡Su mayor sueño se había cumplido!

Anita de Green Gables

Basado en la historia original de
LUCY MAUD MONTGOMERY

Adaptado por Amy Adair
Ilustrado por Holly Jones

Matthew Cuthbert iba retrasado. Anita lo estaba esperando afuera de la estación del tren en Bright River porque iba a llevarla a Green Gables, su nuevo hogar. La niña acababa de cumplir once años y nunca había tenido un verdadero hogar.

De repente, Anita vio a un hombre canoso acercarse hacia ella y él parecía sorprendido al verla.

"Supongo que usted es el señor Matthew Cuthbert de Green Gables", dijo Anita. "Me alegra verlo. Estaba comenzando a pensar que nadie vendría por mí."

Matthew tomó la mano de Anita y con timidez le dijo: "Siento llegar tarde." Y la ayudó a subirse a la carreta.

"Estoy muy contenta de venir a vivir con ustedes", exclamó Anita en su camino al pueblo. "Mis padres murieron cuando yo apenas era un bebé, y desde entonces jamás le he pertenecido a nadie. ¡Oh, estoy tan feliz! Bueno, claro que no me puedo sentir completamente feliz porque, bueno…" Anita tomó una de sus gruesas trenzas rojas para que Matthew la viera y le preguntó: "¿De qué color es?"

"Roja, ¿no?", contestó Matthew.

"Sí", suspiró ella. "Es roja. Por eso nunca puedo ser completamente feliz. No me importa ser pecosa y delgada. Me imagino que tengo una hermosa piel y ojos azules. Pero no me puedo imaginar sin cabello rojo. ¿Hablo demasiado?"

Matthew le sonrió, así que ella continuó hablando hasta que llegaron a la puerta de Green Gables donde Marilla, la hermana de Matthew, los estaba esperando.

Marilla era una mujer madura y delgada que siempre peinaba su cabello en un moño alto. Se sorprendió de ver a Anita. Esperaba que Matthew llevara a casa un niño y dijo que debían regresarla. Todo lo que Anita deseaba era que se quedaran con ella, aunque no fuera un niño.

"¿Cómo te llamas?", le preguntó Marilla a Anita.

"¿Podría llamarme Cordelia?"

"¿Así te llamas?"

"No, pero me encantaría que me llamaran Cordelia." Luego agregó: "Me llamo Anita Shirley. Anita, con *ita* al final. Oh, ¡qué trágico es esto! ¿Si fuera muy bonita y tuviera cabello castaño se quedarían conmigo?"

"No. Queremos un muchacho para que le ayude a Matthew con la granja", dijo Marilla con frialdad.

Después de cenar le mostró a Anita dónde dormiría. Cuando bajó las escaleras, le dijo a su hermano que Anita tendría que regresar al orfelinato.

A Matthew le agradaba Anita y pensó que podrían ayudarla.

Anita se quedó dormida esa noche y se imaginó cómo se sentiría llamar a Green Gables "hogar".

A la mañana siguiente, Marilla decidió que Matthew tenía razón, podrían ayudar a Anita. Pronto se supo en todo Avonlea que los Cuthbert habían adoptado a una niña. La señora Rachel Lynde, la entrometida vecina de los Cuthbert, fue a visitarlos un día para conocer a Anita.

"No te escogieron por tu apariencia", le dijo la señora Lynde. "Estás tremendamente flaca. Nunca había visto tantas pecas, ¡ni cabello tan rojo como las zanahorias!"

Anita trató de contener las lágrimas. "¿Cómo se atreve a llamarme flaca y fea? Es una mujer cruel e insensible. ¿Le gustaría que le dijeran que está gorda y que no tiene ni una pizca de imaginación? Me ha lastimado", le gritó Anita.

Marilla le ordenó a Anita que fuera a su cuarto y la señora Lynde se retiró inmediatamente.

Al día siguiente, Marilla y Anita caminaron hasta la casa de la señora Lynde, que estaba sentada afuera en su portal.

Anita se arrodilló y juntó sus manos. "Perdón, señora Lynde. Todo lo que usted dijo es cierto. Lo que yo dije también es cierto, pero no debí haberlo dicho. ¿Podría perdonarme?"

La señora Lynde se rió: "Claro que te perdono. Fui demasiado dura contigo."

De regreso a casa, Anita puso su delgada mano dentro de la de Marilla. "Me encanta ir a casa y saber que es mi hogar", dijo Anita. "Adoro Green Gables."

"Mira, ¿te gustan?", preguntó Marilla, colocando tres vestidos nuevos sobre la cama de Anita. "Yo te los hice."

Anita miró las sencillas faldas ajustadas en sencillas cinturas, con mangas tan sencillas y ajustadas como cualquier otra manga.

"Creo que me gustan", dijo Anita.

"No quiero que creas", dijo Marilla. "¿Qué tienen de malo? ¿No están lindos, limpios y nuevos?"

"Sí, pero no son bonitos", dijo Anita de mala gana.

"¡Bonitos!", Marilla trataba de contener un sollozo. "Yo no me rompo la cabeza haciéndote vestidos bonitos. Pensé que estarías agradecida de tener todo."

"Oh, estoy agradecida", protestó Anita. "Pero estaría mucho más agradecida si me hicieras un solo vestido con mangas anchas."

"Yo pienso que las mangas anchas se ven ridículas. Prefiero las sencillas."

"Pero yo prefiero verme ridícula si todo el mundo se ve ridículo, que sencilla yo sola", dijo Anita.

Cuando Marilla se iba le dijo a Anita que iría a visitar a la señora Barry. "Si quieres, puedes venir conmigo para que conozcas a su hija, Diana."

"Oh, me da miedo. ¿Y si no le gusto?", exclamó Anita. "Sería la decepción más grande de mi vida. Nunca he tenido una amiga de verdad."

Marilla y Anita tomaron un atajo por el arroyo para llegar a casa de los Barry. Diana era una niña muy bonita, tenía los ojos y el cabello oscuros, y las mejillas rosadas de su madre.

Las dos niñas salieron a jugar. "Oh, Diana", dijo Anita finalmente, juntando sus manos y hablando casi en susurro, "¿crees que te pueda agradar aunque sea un poco como para ser mi mejor amiga?"

Diana se rió. "Eso creo. Estoy muy contenta de que hayas venido a vivir a Green Gables. Va a ser divertido tener alguien con quien jugar. No hay ninguna niña que viva cerca para poder jugar con ella."

"¿Juras que serás mi mejor amiga?"

"¿Cómo haces eso?", preguntó Diana.

"Debemos juntar nuestras manos. Yo diré el juramento primero. Juro solemnemente ser fiel a mi mejor amiga, Diana Barry, mientras existan el sol y la luna. Ahora dilo tú pero usando mi nombre."

Diana lo dijo y luego agregó: "Eres una niña extraña, Anita. Ya había escuchado que eras rara. Pero creo que me voy a llevar muy bien contigo."

En Green Gables, cuando Anita ya se había ido a la cama, Marilla le dijo a Matthew: "Sólo han pasado tres semanas desde que llegó y parece como si siempre hubiera estado aquí. No me puedo imaginar este sitio sin ella. Me alegra haber decidido quedarnos con Anita. Estoy empezando a quererla."

Ese verano, Anita y Diana jugaron juntas todos los días. Una tarde, Anita llegó corriendo a casa, con los ojos brillantes y las mejillas rojas. "Habrá un día de campo de la escuela dominical la próxima semana. ¡Darán helado! ¿Puedo ir?"

"Claro que puedes ir", dijo Marilla.

Dos días antes del día de campo, Marilla estaba buscando su broche de amatista. "¿Has visto mi broche? Estaba en mi mesa de noche y ahora no lo encuentro."

"Yo… lo vi esta tarde", dijo Anita.

"¿Lo tomaste?", preguntó Marilla.

"Sí", admitió Anita.

"¿Dónde lo pusiste después?"

"Lo puse otra vez en la mesa de noche."

"Anita, el broche no está. ¿Lo perdiste?"

"No, no lo perdí", dijo Anita, viendo la mirada furiosa de Marilla. "Nunca saqué el broche de tu cuarto, es la verdad."

"Creo que me estás diciendo mentiras, Anita", dijo con firmeza. "Irás a tu cuarto y te quedarás ahí hasta que me digas la verdad."

Toda la noche y el día siguiente, Marilla buscó el broche. Movió la mesa de noche, sacó los cajones y buscó en cada grieta y rincón, pero no lo encontró.

El siguiente día estaba hermoso. Anita ansiaba ir al día de campo, así que buscó a Marilla y le dijo: "Yo tomé el broche. Fui por el camino hasta el lago y me quité el broche para mirarlo, se me resbaló de las manos y se hundió en el lago por siempre. Eso es todo lo que puedo confesar."

Marilla estaba muy enojada.

"Por favor, castígame después, porque quisiera ir al día de campo," le pidió Anita.

"No irás a ningún día de campo", dijo Marilla. "Ese es tu castigo."

Anita lloró en su cuarto toda la mañana. Después del almuerzo, Marilla entró a su cuarto con el broche en la mano.

"Anita", dijo Marilla. "Acabo de encontrar mi broche colgado de mi chal. Ahora quisiera saber por qué confesaste algo que no hiciste."

Anita dijo: "Decidí confesar porque quería ir al día de campo, entonces inventé una historia anoche y traté de hacerla interesante."

Marilla comenzó a reír. "¡Anita, en realidad eres imposible! Pero yo estaba equivocada. Nunca debí haber dudado de tu palabra. Así que, si tú me perdonas, yo te perdono. Ahora alístate para ir al día de campo."

Esa noche, Anita regresó a Green Gables completamente exhausta y feliz. "¡Comimos helado! Nunca había comido helado antes. Me faltan palabras para describirlo, Marilla, te aseguro que fue sublime."

Marilla y Matthew inscribieron a Anita en la escuela de Avonlea de inmediato. Marilla estaba un poco preocupada porque Anita hablaba demasiado.

La escuela de Avonlea sólo tenía un salón con un enorme pizarrón en la pared del frente. Cada niño tenía una pequeña pizarra y gis para practicar su escritura y problemas de matemáticas. Anita era muy inteligente.

"Gilbert Blythe estará en clase hoy", le dijo Diana. "Ahora tendrás competencia, Anita. Gilbert solía ser el mejor de la clase."

Gilbert se sentó al otro lado del pasillo. Trató de llamar la atención todo el día, pero Anita no volteó a verlo. Gilbert no estaba acostumbrado a que lo ignoraran, así que se estiró desde el otro lado del pasillo, tomó la punta de la larga trenza roja de Anita y le susurró: "¡Zanahorias! ¡Zanahorias!"

Anita se puso de pie. "¡Cómo te atreves!" Y luego... *¡Zas!* Azotó su pizarra sobre la cabeza de Gilbert, rompiéndola en dos.

El maestro hizo que Anita se parara frente a la clase todo el día y escribió en el pizarrón: "*Ana* Shirley debe aprender a controlar su carácter."

Cuando acabó el día de clases, la niña se marchó con la cabeza en alto. Gilbert trató de disculparse, pero Anita lo ignoró.

Anita le dijo a Diana de regreso a casa: "Gilbert Blythe hirió mis sentimientos y nunca lo perdonaré."

Un día, Marilla le dijo a Anita que podía invitar a Diana a tomar el té y que tomara la botella de jarabe de frambuesa de la alacena.

Esa tarde, cuando Diana llegó, Anita buscó la botella de jarabe de frambuesa, pero ninguna botella tenía etiqueta. Al fin, encontró la que parecía contener el jarabe y le sirvió un poco a Diana.

Después de haber tomado tres vasos, Diana se puso de pie, tambaleante. "Me siento… mal", dijo lentamente. "Debo regresar a casa ahora."

Anita estaba muy triste.

Al día siguiente, Marilla envió a Anita con la señora Lynde. Anita regresó a casa con los ojos llenos de lágrimas. "La señora Lynde vio a la señora Barry hoy", sollozó Anita. "La señora Barry dice que yo emborraché a Diana ayer. Jamás volverá a permitir que Diana juegue conmigo. Yo sólo le di jarabe de frambuesa. ¡Nunca pensé que eso pudiera emborrachar a alguien!"

Marilla fue directamente a la alacena a buscar la botella. Se empezó a reír: "Anita, a Diana le diste vino. ¿No conoces la diferencia?"

"Yo no lo probé", dijo Anita. "La señora Barry piensa que lo hice a propósito."

Anita fue a la casa de los Barry esa noche y trató de explicar lo sucedido, pero la señora Barry sólo les dio a las niñas diez minutos para despedirse. Llorosas, las dos prometieron seguir siendo amigas secretas.

Anita estaba muy triste por no poder jugar más con Diana, así que se concentró en la escuela. Todo el otoño ella y Gilbert compitieron en clase.

En enero, mucha gente de Avonlea fue a la capital a escuchar al Primer Ministro de Canadá. Marilla también fue, dejando a Matthew y a Anita en Green Gables. Una noche escucharon pasos en el pórtico. De repente, la puerta de la cocina se abrió, ¡era Diana!

"Vengan rápido", le dijo Anita. Su cara estaba pálida de temor. "Mi hermanita está enferma, mis papás no están y no hay nadie que pueda ir por el doctor."

Matthew tomó su sombrero y su abrigo y fue al establo.

"Fue a ponerle el arnés al caballo para ir por el doctor", dijo Anita. "Yo sé exactamente qué hacer. Cuidé a muchos niños enfermos en el orfelinato."

Anita se llevó una botella de medicina, y las niñas salieron corriendo en la noche.

Minnie May, de tres años, estaba muy enferma y Anita le dio medicina y la atendió toda la noche. ¡Finalmente la medicina funcionó! Para cuando Matthew llegó con el doctor, Minnie May estaba durmiendo tranquilamente.

Matthew y Marilla estaban muy orgullosos de Anita. Marilla le dijo: "La señora Barry dice que salvaste la vida de Minnie May, y que sabe que no quisiste emborrachar a Diana. Así que espera que vuelvas a ser amiga de Diana."

Al oír eso, Anita salió corriendo por la puerta a ver a su amiga.

Anita y Diana se alegraron de estar juntas de nuevo. En febrero, Diana invitó a Anita a un concierto y a dormir. Toda esa tarde fue como un lindo sueño. En el concierto hubo un coro y un recital de poesía.

Las niñas regresaron a casa de los Barry a las once. Todos estaban dormidos. Anita y Diana se pusieron sus camisones. Luego, Anita dijo: "¡A ver quién llega primero a la cama!"

Corrieron por todo el pasillo hasta el cuarto de visitas y se metieron en la cama. ¡Y de repente algo se movió! Alguien gritó: "¡Por todos los cielos!"

Las niñas brincaron de la cama y salieron corriendo del cuarto. Diana susurró: "Esa era mi tía Josephine. No sabía que estaba de visita. Creo que se va a enojar."

A la mañana siguiente, la señora Barry le dijo a Diana que la tía Josephine estaba muy molesta y que ya no quería pagarle sus lecciones de música como lo había prometido.

Anita decidió hablar con la tía Josephine. "No sabíamos que usted estaba ahí", le aseguró. "Queríamos dormir en el cuarto de visitas. Imagínese cómo se sentiría usted si fuera una niña huérfana que jamás hubiera dormido en un cuarto de visitas."

La tía Josephine se rió. "Creo que todo depende del punto de vista."

La tía accedió a perdonar a las niñas y a darle a Diana sus lecciones de música, pero sólo con una condición: si Anita prometía visitarla.

En el verano, Anita ya llevaba casi un año en Green Gables. El año anterior, había sido una de las mejores estudiantes en la escuela. Anita estaba ansiosa de conocer a su nueva maestra, la señorita Stacy. Sería la primera mujer en dar clases en Avonlea.

Dos semanas antes de comenzar las clases, Diana hizo una fiesta. Las niñas decidieron jugar el juego de atrévete. Josie Pye retó a Jane Andrews a saltar por el jardín en un pie. Jane se cayó y Josie se rió. Así que Anita retó a Josie a caminar sobre la barda. Josie lo hizo. Cuando se bajó de la barda, le sacó la lengua a Anita.

"Yo conocí a una niña que se atrevía a caminar sobre los techos", alardeó Anita.

"Te reto a subir al techo y caminar sobre él", dijo Josie.

Anita se puso pálida, pero sabía que tenía que hacerlo. Subió por la escalera que estaba junto a la casa. Hizo equilibrio sobre el techo, dio varios pasos y luego se resbaló y cayó sobre los arbustos.

Todas las niñas gritaron.

Anita trató de levantarse, pero sintió un dolor agudo en el tobillo.

El señor Barry llevó a Anita a Green Gables. El doctor llegó pronto a examinar el tobillo de la niña y le dijo que estaba roto. Anita no podría comenzar las clases con el resto de los estudiantes.

Llegó octubre y Anita todavía no estaba lista para regresar a clases. La señorita Stacy era distinta a otros maestros. Llevaba a sus estudiantes a dar paseos por el campo. Hacían ejercicio todos los días. La señorita Stacy también sugirió que la escuela organizara un concierto en el ayuntamiento para la noche de Navidad.

Temprano, el día de Navidad, Anita despertó y miró por la ventana de su cuarto. Los árboles estaban cubiertos de nieve. "¡Feliz Navidad, Marilla y Matthew!", gritó Anita bajando por las escaleras. De repente se detuvo al ver a Matthew. Estaba sosteniendo un hermoso vestido.

Anita no podía creer lo que veía. "¿Es para mí?", preguntó. "¡Cielos!"

El vestido tenía una falda larga con finos adornos y alforzas, y con una pequeña cinta de encaje plegada en el cuello. Pero las mangas fueron lo que más le gustó a Anita. Eran mangas largas y abombadas adornadas con dos hermosos lazos de seda.

"Es tu regalo de Navidad, Anita", dijo Matthew con timidez. De repente, los ojos de Anita se llenaron de lágrimas y le dio a Matthew un enorme abrazo.

Anita se puso su vestido para ir al concierto. ¡Fue un completo éxito! Diana cantó un solo y Anita recitó dos poemas. Esa noche, cuando Anita ya se había ido a acostar, Matthew dijo: "Bueno, creo que nuestra Anita estuvo tan bien como los demás."

"Así es", admitió Marilla. "Es una niña muy inteligente, Matthew. Y se veía muy bonita. Me sentí muy orgullosa de ella."

Después del concierto de Navidad, la vida normal parecía aburrida. Anita pensaba en el concierto una y otra vez. Al paso de las semanas, las cosas volvieron a la normalidad. Anita y Diana cumplieron trece años. En dos años más las niñas serían adultas.

Una noche, Anita no llegó a cenar. Era muy raro en ella. Marilla, muy preocupada, subió las escaleras para encender una vela en el cuarto de Anita, y cuando la encendió, la vio acostada en su cama.

"¿Anita, estás enferma?", preguntó Marilla.

"No. Por favor déjame sola. Estoy totalmente desesperada. No me importa Gil... Ya no me importa quién es mejor que yo en la clase o quién escribe las mejores composiciones. Jamás podré volver a ir a ningún lado. Por favor, no me mires."

"Anita, ¿qué te pasa?"

"Mira mi cabello", susurró Anita.

Marilla acercó la luz y exclamó: "¡Es verde!"

"Sí", se quejó Anita. "El rojo era feo. Pero es diez veces peor tener cabello verde. Me lo teñí. Pensé que mi cabello quedaría de un hermoso negro brillante. La gente se olvidará de mis otros errores, pero jamás olvidarán esto."

Marilla trató de sacar el tinte del cabello de Anita, pero no lo logró.

Al día siguiente, Josie Pye le dijo a Anita que parecía espantapájaros.

En noviembre, la señorita Stacy organizó una clase especial para sus estudiantes avanzados. Se quedaron después de clases a estudiar para el examen de admisión a Queens, el colegio para maestros. A Anita le emocionaba formar parte de la clase.

El invierno pasó rápidamente, la primavera y el verano llegaron a Green Gables. Otro año escolar había terminado. Ahora, Anita y Diana ya tenían catorce años.

Cuando llegó septiembre, Anita estaba ansiosa de estudiar de nuevo. Conforme el día del examen para Queens se acercaba, se ponía más nerviosa. ¿Y si no pasaba?

Anita quería una "alta calificación" en el examen por consideración a Matthew y Marilla... especialmente a Matthew. Después del examen pasaron lentamente tres semanas. Entonces, una noche Diana bajó corriendo la colina hasta Green Gables.

"Anita, pasaste", gritó. "Pasaron los mejores: tú y Gilbert, ¡ambos! Estoy muy orgullosa."

Anita observó su nombre al principio de una lista de doscientos. Luego corrió al campo donde Matthew cargaba heno y Marilla hablaba con la señora Lynde. "Siempre supe que podrías vencerlos", dijo Matthew, orgulloso.

La señora Lynde agregó: "Es motivo de orgullo para todos nosotros, Anita. Te lo reconocemos."

Finalmente llegó el día en que Anita tuvo que partir rumbo a Queens. Esa noche, Marilla lloró. Su pequeña Anita había crecido.

En el colegio para maestros, Anita estaba muy ocupada. Quería obtener el certificado de maestra en un año en vez de dos. El año escolar transcurrió muy rápido, y a ella le fue muy bien, ¡hasta ganó una beca para ir a la universidad! Anita regresó a Green Gables en el verano antes de ir a la universidad.

Al paso del verano, Anita notó que Matthew parecía enfermo. Un día, él se desmayó y cayó al suelo. Marilla llamó al doctor rápidamente, pero era demasiado tarde.

Anita lloró toda la noche. "¿Qué haremos sin él?", sollozaba.

"Nos tenemos la una a la otra, Anita. Yo te quiero como si fueras mi hija. Has sido mi alegría desde que llegaste a Green Gables", le dijo Marilla.

Varios días después del entierro de Matthew, Marilla le dijo a Anita con tristeza que no podría atender Green Gables ella sola y que tendría que venderla.

Anita se estremeció. Como la señorita Stacy se había ido de Avonlea, Anita decidió que ella se quedaría en Green Gables a dar clases.

Anita seguía con sus sueños y continuaría sus estudios en casa. Cuando terminó el colegio para maestros, su futuro parecía alargarse ante ella como una carretera recta. Ahora había una curva, y no sabía qué encontraría al dar la vuelta, pero sí sabía que sería feliz. Sería una buena maestra y ayudaría a Marilla con su trabajo. Se sentía muy contenta tan sólo de estar en Green Gables.